処女たち

イレーヌ・ネミロフスキー短篇集

芝盛行 訳

Les vierges

Irène Némirovsky

未知谷
Publisher Michitani

目次

処女たち

イレーヌ・ネミロフスキー短篇集

日曜日

ラス・カーズ街は真夏のように静かで、開いた窓の一つ一つが黄色いブラインドで遮《さえぎ》られていた。素晴らしい日々が戻ってきた春の最初の日曜日。うららかな陽気が人々をじりじり、そわそわ家の外、街の外へと駆り立てた。空は穏やかに光り輝いていた。サンクロチルド広場では驚いた鳥達がゆっくりと穏やかに歌うように囀《さえず》り、ひっそりした通りには田舎に発つ自動車の騒音が鳴り響いた。一つだけ、巻貝のような繊細な形をした小さな雲が一瞬漂い、蒼空に溶けて行った。通行人たちは感嘆した頼もしげな表情を浮かべて空を見上げ、微笑みながら風を吸い込んだ。

アグネスは半分雨戸を閉じた。日差しがきついので薔薇があんまり早く咲きすぎて枯れてしまいそう。幼いナネットがスキップで駆け込んできた。

「お出かけしてもいいでしょ、ママ？　とってもいいお天気よ」

既にミサが終わっていた。もう袖の無い奇麗な服を着て、白い手袋をはめた手に祈禱書を携《たずさ》えた子ども達が、聖体拝受をした幼い少女を囲んでラス・カーズ街を通った。ベールの下の少女の頬はまるまるして血色が良く、果物のように産毛の生えた裸のふくらはぎが陽光にピンクに、金色に輝いていた。だが、鐘は鳴り続けていた。ゆっくりと悲しげに告げるかのように。

〝行きなさい、善良な人達よ。残念ながら、私達はこれ以上あなた達を守ることができない。できる限り長く守ってきたが、あなた達を世俗の暮らし、日々の悩みに戻さねばならない。さあ、行きなさい。ミサは終わったのだ〟

鐘が鳴り止むと、開いているパン屋から時折立ち上る暖かいパンの香りが通りを満たした。洗ったタイルがぴかぴか光り、壁に嵌め込まれた細い鏡が暗がりにうっすら輝いていた。それから誰もが自分の家に戻った。

アグネスは言った。

「ナネット、パパが用意ができたか見に行って。それからナディーヌにお昼だって言って」

ギョームが入って来た。彼女がいつも気分を悪くする上等な葉巻とラヴェンダーの化粧水の匂いを周囲に撒き散らしながら。肉付きのいい彼はいつにも増して元気で上機嫌だった。

皆がテーブルに着いたとたんに彼は告げた。

「昼飯が済んだらわしは出かけるぞ。一週間パリで息を詰まらせてたんだから、せめてな……ほんとに、君はそんな気にならんか？」

「この娘《こ》と離れたくないの」

ギョームは笑みを浮かべて正面に坐っているナネットの髪の毛を引っ張った。昨日の晩、この子は熱を出した。だが瑞々しい血色も変わらないほど軽い熱だった。

「大した病気じゃないぞ。素晴らしい食欲じゃないか」

「ええ、心配ないわね。よかったわ」アグネスは言った。「四時まではお出かけしていいわ。あなたはどちらに?」

ギョームは目に見えて表情を曇らせた。

「わしは……ああ、まだ分からん……何でも先に決めると君は怒るじゃないか……フォンテンブローかシャルトルあたりか、足まかせ、気の向くままさ……で? 君は一緒に来る?」

〝頷《うなず》いたらどんな顔するかしら〟アグネスは思った。微笑むと結んだ唇の端がちょっと引きつり、ギョームを苛立たせた。だがいつも通り、彼女は答えた。

「家でやる事があるの」

彼女は思った。

〝今度は誰なの?〟

ギョームの女達。嫉妬、不安、眠れない夜。そんなことの全てが、今はなんと遠い。彼は大柄で恰幅がいい。ちょっと髪が薄く、がっしりして均整のとれた体つきをしている。太く頑丈な首にしっかり乗った顔。四十五歳、男盛りの彼はどっしりと地に足を着け、体内には濃くて豊かな血が流れている。顎を前に出して笑うと、ほぼ完璧な白い歯並びが見えた。アグネスは思った。

〝女達の一人が言ったことがあるわ。「笑うと狼、野獣の顔になるのね」って。この人、それがやたら嬉しかったのよ。昔はこんな笑い方しなかった〟

愛を交わした後、彼がいつもどんなふうに自分の腕の中で咽《むせ》び泣いたか、彼女は思い出した。涙をすするようにちょっと口を開けながら洩らす短い呻き声も。哀れなギョーム……

「あのね、私は……」ナディーヌが言った。

この娘はいつもこんなふうに言葉を切り出した。彼女の思いにも、話題にも、自分と関係無い言葉や発想は何一つ見つからなかった。私のお化粧、私の友達、私の靴下のほつれた編み目、私の小遣い、私の楽しみ。娘は……勝ち誇っていた。さながらジャスミンか椿のような、ビロードの艶を持つほんのり白い柔肌。だが若い血が脈打ち、頬を染め、唇を膨らませているのが見えた。唇からはワインのようなピンク色の熱い液体が迸《ほとばし》りそうだった。緑の目が光り輝いていた。

〝この娘は二十歳《はたち》〟

アグネスは内心そう呟き、またも努めて目を閉じようとした。娘の眩し過ぎる貪欲な美しさ、響き渡る笑い声、エゴイズム、若い情熱、ダイアモンドの硬さは彼女を傷つける。

〝この娘は二十歳、この娘のせいじゃないけれど……皆と同じように、人生がこの娘を静かに、穏やかに、大人にしてくれるでしょ〟

「ママ、ママの赤いスカーフ使っていい？　失くしたりしないから。それと、帰り遅くなってもいいでしょ？」

「だいたい、どこに行くの？」

「あら、よく知ってるくせに、ママ！　サンクロードよ！　シャンタル・オーモンの家よ！　アルレットが迎えに来るの。ママ、遅くなったっていいでしょ？　八時過ぎたって？　怒ったりしないでしょ？　日曜の七時はサンクロードの辺りを避けなきゃならないし」

「正にこの娘の言う通り」ギョームが言った。

食事が終わった。マリエットは手際良かった。日曜日ですもの……お皿を片付けたら、この娘も出かけるのね。

家族はオレンジの香りのするクレープを食べた。アグネスはマリエットがクレープの生地を用意するのを手伝っていた。

「絶品だな」ギョームが感に堪えたように言った。

開けた窓から、もうお皿のかちゃかちゃ鳴る音が聞こえてきた。一つは二人の老嬢が暗がりに身を潜めている陰気な一階からひっそりと、もう一つはもっと軽快に、もっと賑やかに。向かいの家の中で、十二人分の食器ときっちり折り目の入ったダマスク織の大きなテーブルクロスが光って見え、真ん中には聖体拝受の白薔薇の花籠が飾られていた。

「私、支度するわ、ママ。コーヒーはいらない」

ギョームは口を利かず、さっさとコーヒーを飲み干した。マリエットが片付け始めた。

「皆さんなんて忙しそうな。私だけ……」アグネスはナネットのナプキンを細い器用な手で無意識に折り畳みながら思った。

素晴らしい日曜日も、彼女にだけは魅力が無かった。

〝こいつがこんなに出不精になるとは、こんなに生気を失くしちまうとは〟

ギョームは思った。妻を眺め、大気を思いっきり吸い込んで胸を張った。素晴らしい気候が体内に活を入れてくれたような気がした。生気が漲《みなぎ》るのを感じ、嬉しく、誇らしかった。

〝絶好調だ。驚くような手を打って、持ちこたえてやる〟

あらゆる言い分、いざこざ、金の心配……を思い起こしながら彼はなおも呟いた。つきまとうジェルメーヌ、あんな奴、消えちまえ……税金……あれやこれやで他の奴等と同じように、俺だって当然落ち込んで、悲嘆にくれてたかもしれん。だが、そうはいかんぞ！

〝俺はいつだってこの調子だった！　一筋の陽光、パリ郊外の日曜の光景、自由、いいワイン、傍らの美女、そして俺は二十歳だ！　生きているんだ、この俺は〟

密かな敵意を込めて妻を眺めながら、彼は自分を祝福した。妻の冷ややかな美しさは、彼を苛立たせた。奇麗な唇のからかうように引きつった皺も。彼は声を張り上げた。

「勿論、シャルトルで泊まることになったら電話する。いずれにしたって、帰りは明日の朝だ。事務所に行く前に家に寄ろう」

アグネスは奇妙な痛みを感じながら、冷ややかに思った。

〝ある日、彼は女を愛撫し、贅沢過ぎる食事をする。その後で、二人が乗った車が木に衝突する。サンリスかオセールから電話が入る〟あなた、それで苦しむ？　彼女は興味に駆られ、暗がりで注意深く押し黙っている見えない自分の影に問いかけた。無関心な影は黙ったまま何も答えなかった。そしてギョームの力強いシルエットが彼女と鏡の間に割り込んだ。

「じゃあな」

「じゃあ」

ギョームが出かけて行った。

「客間のテーブルにお茶をご用意をしましょうか？　奥様」マリエットが尋ねた。

「いいえ、結構よ。自分でやるわ。台所が片付いたら、あなたも出かけていいわよ」

「ありがとうございます、奥様」娘はそう言うと、突然熾火《おきび》に近づいたように真っ赤に頬を染めた。

「ありがとうございます。奥様」彼女は切なげな眼差しで繰り返した。アグネスはからかうように肩を竦《すく》めた。

アグネスは黒くて小さく滑らかなナネットの頭を撫でた。ナネットはかわるがわるドレスの襞に身を隠したり、笑いながらそこから顔を出したりした。

「二人っきりで、とっても静かになるわね」

その間、ナディーヌは自分の部屋で急いで身繕いをしていた。首筋、裸の腕、胸元に白粉をつけた。レミは車の暗がりの中で乾いた熱い唇をその胸元に当て、素早く炎のように燃える口付けをしたことがある。二時半、アルレットはまだ来てない。

〝アルレットと一緒なら、ママは何にも疑わないわ〟デートの約束は三時だった。

〝ママが何にも分からないなんて。あの人だって若かったのに……〟彼女はそう思った。母親の青春、婚約時代、新婚当初を想像しようとしたが、思い浮かばなかった。

〝あの人はいつもあんな風だったに決まってる。きちんとして、落ち着いて、白い襟をぴんと固めて……「ギョーム、私の薔薇を折らないで」なんて言うのよ。私は……〟

彼女は身震いし、そっと唇を噛んで顔を鏡に近寄せた。自分の体、眼差し、顔立ち、円柱のようにすくっとした純白の首、それほど彼女が好きなものはなかった。

〝二十歳だってこと、素晴らしいわ〟彼女は熱く思った。

〝若い娘なら誰でもこうなのかしら、この幸せ、この熱さ、この力、この血の熱を味わってるのかしら？　私みたいに、鋭く、深くそれを感じてるのかしら？　一九三四年に二十歳、女として、それは……それは素晴らしいことだわ〃

キャンプの夜、レミの車で明け方帰って来たこと、(両親はサンルイ島で無邪気に仲間同士お散歩してセーヌの日の出を眺めてるって思ってたけど）スキー、海水浴、若い体が感じた自由な大気、冷たい水、自分の首筋に爪をたて、短い髪をそっと後ろに引っ張ったレミの手……切れ切れにそれらを思い出しながら、彼女は思った。

〃でもあの親達は何にも分かっちゃいないわ。ほんとにあの人達の時代は……想像しちゃうわ、初めての舞踏会で慎ましく目を伏せてる私の年頃のママ。レミ……私、恋してる〃

鏡の中の自分に微笑みかけながら彼女は言った。

〃でもレミには気をつけなきゃ。あんなにハンサムで自惚《うぬぼ》れてる。女達からちやほやされて。きっと、人を苦しめるのも好きなのよ〃

「でも、一番強いのは誰か、見せてあげる」

彼女はきつく拳を握り締めて呟いた。心の奥底に、戦い、熾烈《しれつ》で残酷なゲームへのざわめく欲望のような愛が脈打つのを感じながら。

彼女は笑った。静寂の中でその笑い声があんまりはっきりと、傲慢に、鮮烈に響いたので、感嘆した彼女は笑うのを止め、まるで貴重な素晴らしい楽器のこだまを聴くように聞き耳をたてた。

〃時々、私、誰より自分に恋してるみたい〃

玉の一つ一つが陽光にきらきら光っている緑の首飾りを首に巻きながら彼女は思った。奇麗で引き締まって滑らかな彼女の肌には若い獣、花、五月の植物の輝くglossiness（光沢）があった。束の間だが、完成の極みを感じさせる輝き。

〝私、絶対これ以上奇麗になれない〟

彼女は香水をつけた。惜しげも無く顔や肩に塗りつけた。輝き、途方も無い何もかもが、今日の私にはよく似合う！

〝火のように赤いドレスを着て、ジプシーの宝石を着けたいわ〟

彼女は穏やかで疲れた母親の声を思い出した。

〝何でも節度をわきまえなさい、ナディーヌ！〟

〝あの年寄りたち〟彼女は侮蔑を込めて思った。

家の前の通りにアルレットの車が停まっていた。ナディーヌはバッグを引っ摑み、走りながら帽子を被って、さっと叫んだ。

〝さよなら、ママ！〟そして姿を消した。

「ソファーでちょっとお休みなさい、ナネット。昨日はあんまり眠れなかったでしょ。ママはここでお仕事するから。その後でマドモアゼルとお出かけすればいいわ」

アグネスは言った。

幼いナネットはしばらくピンクのエプロンをいじくり、何度も寝返りをうってクッションに顔を擦りつけ、あくびをして、眠りについた。この娘は五歳だった。アグネスと同じ、ほんのり黄金色をした瑞々しい肌、黒髪と黒い瞳を持っていた。

アグネスは音も無く、娘の傍らに腰掛けた。家はひっそりと眠りについていた。外にはドリップコーヒーの香りが漂っていた。部屋は暖かく穏やかな黄色い薄闇に満たされていた。マリエットが注意深く台所の戸を閉め、部屋を横切る音が聞こえた。アグネスはだんだん消えていく裏階段の足音を聞き、溜息をついた。奇妙なうら悲しい幸福感、とても心地の良い安息感が彼女を満たした。静寂、空っぽの部屋、夜まで誰にも煩わされない、誰の足音も声もこの家、この避難所に侵入して来ないという確信……通りも静かでがらんとしていた。ただ、下ろした鎧戸の向こうで見えない女性がピアノを弾いていた。それから、全く静かになった。

同じ時間、マリエットは手袋をはめず、大きな両手に日曜に使う〝豚皮の模造品〟のかばんを握り締めて恋人が待つセーヴル・クロア・ルージュ駅に向かって急いでいた。そしてギョームはコンピエーニュの森で、隣に坐った豊満な金髪女に語っていた。

〝わしを責めるのは簡単さ。わしは悪い亭主じゃないんだ、だけど女房が……〟

ナディーヌはアルレットの緑の小型車でリュクサンブール公園の鉄柵沿いに突っ走っていた。マロニエの花盛りだった。子ども達が袖の無い春物の小さなニットを着て駆け出していた。アルレットには苦い思いがあった。誰も私を待ってやしない、この私を、誰も愛してくれない。高価な緑の車と母親達を信用させる鼈甲眼鏡をかけた丸い目のおかげで、我慢して付き合ってくれるけど。幸せ者よ、ナディーヌは！

強い風が吹いた。噴水が急に左に傾き、通行人達に煌《きらめ》く飛沫をかけた。サンクロチルド広場の若木がそよいだ。

〝なんて穏やかな〟アグネスは思った。

彼女は微笑んだ。時たまゆったりと唇に浮かぶ安心した微笑を夫も長女も知らなかった。

彼女は立ち上がり、静かに薔薇に水をやりに行った。注意深く薔薇の茎を切った。薔薇はゆっくりと花開いた。花弁は名残を惜しみながら分かれていくように見えた。おずおずと、一種神聖な慎ましさを伴って。

〝なんて気持ちがいいのかしら、ここは〟アグネスは思った。

自分の家……避難所、下界の物音を閉ざした暖かい貝殼。冬、夕闇が迫る暗いラス・カーズ街の一画を歩いた時、彼女は門の上に石に彫られた微笑む女性の顔があるのに気がついた。細いリボンをつけた優しく、親しみのある顔に彼女は不思議に心が和らぎ、安らぎ、静かな幸福の波に浸されるのを感じた。私の家……心地良い静けさ、家具の微かな軋《きし》み、暗がりでうっすら光っている繊細な寄木細工、彼女がそうした全てをどれだけ愛したか。彼女は腰掛けた。肘掛け椅子のくぼみにすっと身を落とした。いつも姿勢良く背筋を伸ばし、俯《うつむ》くことのない彼女が。

〝ギョームは私が人より物が好きだって言う……そうかも知れないわ！〟

物達は穏やかで無言の魅惑で彼女を取り巻いていた。鼈甲と銅をあしらった掛け時計は静けさの中でゆっくり安らかに時を刻んでいた。暗がりで、彼女の一つ一つの動作や溜息に友達のように応えて光る銀のカップは、音楽のような親しみのある音をたてた。

幸福？〝人はそれを追う。探し求める。そのために死ぬ。で、幸福はここにしか無いのよ。もう何も待たず、何も望まず、何も恐れなくなった時、幸福は生まれるの。勿論、子ども達の健康は……〟そして彼女は無意識に身を屈め、ナネットの額に唇を着けた。

〝花のように瑞々しいわ。もう何にも望まない。なんて穏やかなんでしょ。私、なんて変わったんでしょ〟

彼女は自分の過去を振り返り、物思いに耽った。ギョームへの狂おしい愛、春の夜毎、彼を待ったパッシーの場末の小さな広場。自分の家族、嫌味な継母、侘しく暗く小さな客間の妹達の騒ぎ声。

〝ああ、私は決して静けさには飽きない〟

彼女は微笑み、小声で言った。黒い三つ編みが血色の悪い若い顔を縁取っているかつてのアグネスが隣に坐って、疑わしげに聞いているかのように。

「そう、驚いたでしょ、どう? 私、変わった?」

彼女は頭を振った。思い出の中で、過去の全ての日々は雨降りで悲しく、全ての期待は空しく、全ての言葉は酷《むご》いか、嘘だらけのように思われた。

〝ああ、どうすれば愛を懐《なつ》かしんだりできるの? 幸い、ナディーヌは私に似ていない。今の娘達はとってもクールで、とってもドライ。ナディーヌは子どもだけど、これからだって、私みたいに愛したり苦しんだりはできない。いいの、ああ、その方がいいのよ。ナネットもたぶん、姉と同じね〟

彼女は微笑んだ。ピンク色で滑らかなまるまるとしたこの頬、未だ発達しきらないこの顔立ちが女の顔になるのを想像すると、とても不思議な気がした。彼女は手を差し伸べ、きれいな黒髪をそっと撫でた。

〝心が安らぐ唯一の時〟

彼女はそう思った。半ば目を閉じ、煙草に火を点けながら〝心が安らぐわ……〟と言った青春時代の女友達を思い出しながら。だが、アグネスは煙草を吸わなかった。彼女が好きなのは夢想することではなく、こんなふうに腰掛けて、何かごくつましく、ごくきちんとした仕事をすることだった。裁縫、編物、思いを静め、慎ましく、落ち着いて静かに書物を並べる、シャンパンを飲む時に使う昔風の金の縁取りのボヘミアのグラスを一つずつ丁寧に洗って、拭く。

〝幸福……そうね、二十歳の時、私には幸福って違って思えた。もっと素晴らしくって、もっと途方もなくて。でも欲望って何でも期限が近づくと、見事に小さく、お手頃になるのよ〟

とりかかった手芸、絹糸、指貫、金の鋏の入った籠を膝に載せて彼女は思った。

〝愛を愛さない女に、これ以上何が必要かしら？〟

「いい？ アルレット、ここで停めて」ナディーヌは頼んだ。三時だった。

〝ちょっと歩こう。先に着くのは嫌《いや》〟彼女はそう思った。

アルレットが従った。ナディーヌは飛び降りた。

「ありがと」

車が発った。ナディーヌはオデオン街を上った。元気が溢れ、足早になってしまうのを抑えながら。

〝私、街が好き〟親しみを込めて彼女は周囲を見回した。

〝家じゃ息が詰まっちゃう。私が若くて、二十歳で、歌ったり踊ったり大声でしゃべったり笑ったりしちゃうのが、あの人達には分からない。私、幸せなのよ〟

ドレスの薄い生地を通して足に吹き込む風が心地よかった。翼が生えたように軽やかで自由。この瞬間、この地上に自分を繋ぎ止めるものは何一つ無いような気がした。

〝楽々と飛べる瞬間ってあるのね〟

彼女は希望に胸を膨らませて思った。世界はなんて美しく愛《いと》しいのかしら！　正午の眩い光の洪水は弱まり、薄っすらと静かな光に変わっていた。通りの角々で女達が黄水仙の房を売り、通りかかる人達に籠を手渡していた。キャフェのテラスでは、頬を火照《ほて》らせ目を輝かせた聖体拝受を受けた少女の周りに、家族がゆったり陣取って、石榴《ざくろ》の実のシロップを飲んでいた。そして歩道を塞いで、散歩中の兵士達と赤らんだ大きな手を剥き出しにした黒衣の女達がゆっくり歩いて行った。

〝奇麗だなあ〟通りがかりの少年がキスするように唇を前に出し、貪《むさぼ》るようにナディーヌを見ながら言った。彼女は笑った。

時々、愛そのもの、レミの姿そのものが消えてしまった。一つの高揚、熱、ほとんど耐えられないほどひりひりした至福の感覚だけが残った。だがその最も秘められた奥底に、見知らぬ、甘美な痛みが隠れているような気がした。

〝愛？　レミは私を愛しているのかしら？〟

彼が待つはずの小さなビストロに入りながら、彼女は唐突に、自分に問いかけた。

〝じゃ、私は？　私達は何よりも先ず友達、でもそれが何？　お年寄りにはいいでしょ、友情も、信頼も！　優しさそのものが、私達に向いてない！　愛って、絶対それとは違う！〟

彼女は思い出した。キスや一番優しい言葉が、時にその奥底に、ちくりと痛い毒針を隠しているような気がした。彼女は入った。

キャフェはがらんとしていた。陽が輝き、壁に掛かった時計が時を刻んでいた。ワインの匂い、地下蔵の冷気が彼女が坐った小部屋に流れ込んでいた。

彼はいなかった。彼女は胸がじわりと締め付けられるのを感じた。

〝十五分過ぎてる。そりゃそうだけど、彼、待ってるはずじゃない？〟

彼女はお座なりに飲み物を注文した。

扉が開き、敷居に男が姿を現す度に強情な胸がざわめき、無上の喜びが溢れた。だが入って来るのは見知らぬ男ばかりで、気も無く彼女に目をやっては日陰の席に着いた。彼女はテーブルの下でいらいらと手を握り締め、捻《ねじ》った。

〝彼は何処？　なんで来ないの？〟

それから俯いて、待ち続けた。時計が十五分毎に容赦なく鳴った。針を睨んで、彼女はじっと待った。黙って身動き一つしなければ時の進行が遅くなるかのように。

三時半、三時四十五分。まだ何でも無い。三十分やそこら。三時四十分だって。でも四時二十分前、四時十五分前なんて言ったら、もうだめ、全ておじゃんよ！　彼は来ない。馬鹿にしてる！　今、誰といるの？

〝ナディーヌ・パドゥアン、あいつをかついでやったぜ！〟って、誰に言うのよ？　ひりひりと苦い涙がちょっと零《こぼ》れ、目が痛んだ。いえ、いえ、そんなはず無い！　四時になった。彼女の唇が震えた。鞄を開け、パフに息を吹きかけた。香りのいい粉が周囲に舞い飛んで息が詰まった。小さな鏡に映した顔が、水底にあるように揺らめき、歪んでいた。

〝いいえ、私、泣かない〟

激しく歯軋りしながら彼女は思った。震える指で口紅を摑み、唇になすりつけた。目の下のつやつやして青ずんだ滑らかな窪みに白粉をつけた。いつか、最初の皺が寄る所だった。

〝なんでこんなまねを?〟

一晩、一回のキス、じゃあ、彼が望んだのはそれだけだったの? 一瞬、彼女はひどく卑屈な気持ちに襲われた。幸せで満ち足りた少女時代の中でも苦い思い出がどっと心に押し寄せた。十二の時、父から受けた謂《いわ》れの無い平手打ち、えこ贔屓《ひいき》する教師。遥か遠い過去の底にいるイギリスの少女達。笑って言ったわ〝We won't play with you. We don't play with kids〟(あなたとは遊ばない。子どもとは遊ばないの)

〝辛いわ。こんなに辛いことがあるなんて知らなかった〟

彼女はもう時間を見なかった。じっと坐ったまま動かなかった。どこに行くの? ここは安全な自分の居場所、と感じられた。何人の女達が待ったのかしら? こんなふうに涙を飲み込み、こんなふうにこのシートを意味無く撫で擦《さす》りながら。綿ビロードの古いシートは、獣の毛皮のように暖かく優しい手触りをしていた。だが不意に、強く不遜な感情が新たに込み上げた。こんなことぐらい、何よ? 〝辛い、私は不幸〟ですって。ああ、とっても新鮮で素敵な言葉じゃないの……愛、不幸、欲望。彼女はそんな言葉をそっと口にしてみた。

「私、彼に愛されたい。私は若い。私は奇麗。彼、私を愛すでしょ。それに、もし彼でなかったら誰か他の男達が私を愛すでしょ」

彼女は獣の爪のように光って鋭い爪が生えた手を、じりじりと握り締めながら呟いた。

五時だわ……薄暗い小部屋が金色の火鉢の口のように突然輝いた。陽が傾き、彼女のグラスの金色のリキュールと彼女の真正面にある小さな電話室を照らした。

〝電話してみる？〟彼女は熱く思った。

〝病気、もしかして？〟

「まさか」彼女は激しく肩を竦めながら言った。大声が出て、彼女は身震いした。

〝私、どうしちゃったのかしら？〟

路上で車の中で血まみれになって死んでいる彼を想像した。狂ったような運転するから……

「もし電話してたら？　駄目よね！」彼女は初めて自分の心が挫《くじ》け、臆病になるのを感じながら呟いた。

そして同時に、心の底で一つの不思議な声が囁くような気がした。

〝見ておきなさい。聞いておきなさい。覚えておくのよ。あなたはこの日を決して忘れない。あなたは年をとる。でも死ぬ時、あなたはこの陽の光の中で、ばたんと開く扉をもう一度見るでしょう。十五分毎に鳴るこの時計の音、それにこの街路の騒音と叫びを聞くでしょう〟

彼女は立ち上がり、埃とチョークの匂いがする小さな電話室に入った。壁は鉛筆で書いた落書きだらけだった。彼女は隅に描かれた女の顔にじっと視線を据えていたが、遂にジャスミン十の三十二を呼んだ。

「もしもし」知らない女の声が答えた。

「レミ・アルキエさんのお宅ですか?」

彼女は尋ね、自分の言葉に驚いた。声が震えていた。

「はい、どちら様?」

ナディーヌは黙った。気だるげで静かな笑いと、呼びかける声がはっきり聞こえた。

「レミ、若い女の子がお呼びよ……え?……アルキエさんはここにはいないわ、お嬢さん」

ナディーヌはゆっくり受話器を置き、外に出た。

六時になり、五月の陽の輝きは翳っていた。薄っすらと悲しげな夕闇が迫っていた。水を撒いたばかりのリュクサンブール公園から植物と花の香りが立ち上ってきた。ナディーヌは行き当たりばったりに道から道を辿った。歩きながら軽く口笛を吹いた。家々の奥に最初の明かりが灯った。まだ明るい通りに初めてガス灯が点いた。涙の向こうにその歪んだ灯りが光っていた。


ラス・カーズ街では、アグネスがナネットを寝かせていた。うつらうつらしているナネットは穏やかな安心した声でまだむにゃむにゃ独り言を言ったり、おもちゃや影に語りかけていた。だがアグネスの足音を聞いたとたん、用心して黙り込んだ。

〝もう〟アグネスは思った。

彼女は薄暗い客間に入った。明かりを点けずに部屋を横切って窓辺に肘を着いた。空は薄暗くなっていた。彼女は溜息をついた。春の日中は一種密かな苦さを隠している。夜の訪れとともにそれが発散するようだった。香りのいいピンクの桃が口に苦味を残すように。ギョームはどこ？

〃今夜は帰らない、たぶん。その方がいいわ〃

彼女はひんやりした空のベッドを思い浮かべながらそう思った。冷たい窓ガラスに手を当てた。何度こんなふうにギョームを待ったかしら？　夜毎夜毎、静けさの中で時計の打つ音、上ってくるエレヴェータの軋みを聞く。エレヴェータはゆっくり上ってきて、家の扉を通過し、また降りていく。夜毎夜毎。当初の絶望、そして諦め、そして重苦しく死んだような無関心。

で、今は？　彼女は悲しく肩を竦めた。

通りはがらんとしていた。上空に青い靄が漂っていた。曇り空から細かい灰の雨が静かに降り始めたように。金色の星型をした街灯が暗がりの中に灯り、サンクロチルド教会の塔が遠ざかり、溶けてゆくように見えた。花を満載して田舎から戻った小型自動車が一台通った。ヘッドライトに括りつけた黄水仙の花束が丁度見える明るさは残っていた。守衛達は玄関先で、所在無げに膝の上に腕を投げ出し、黙って藁椅子に腰掛けていた。それぞれの窓の雨戸が閉まり、隙間越しにピンク色のランプだけが薄っすら光っていた。

アグネスは思い出した。

〃昔、ナディーヌの年頃で、私、もう何時間もギョームを待ちわびていたわ〃

彼女は目を閉じ、その頃の彼がどんなだったか、少なくとも自分にはどう見えたか、改めて思い描こうとした。そんなにハンサムだったかしら？　そんなに素敵だったかしら？　ああ、確かに今よりは痩せていて、奇麗な唇をして、もっと悩ましげで、醒めた顔をしていたわ。あのキス……彼女は悲しく、苦くちょっと笑った。

どれだけ彼が好きだったかしら……ばかね……哀れなおばかさん……彼は愛の言葉を言ってくれなかった。私を抱いただけ。私の心が甘さと痛みで溶けてしまうほど抱いただけ。一年半も、彼は私に言わなかった。〝愛してる……〟とも〝君と結婚したい〟とも。私はいつだって彼に身を捧げるしかなかった。彼、言ったわ。〝こっちの気分次第さ〟って。そして、惨めで愚かな私は、それが嬉しかった。敗北にさえ、酔ってしまう年頃だったのね。そして私、思ったのよ。

〝彼は私を愛してくれる。私、彼の奥さんになる。献身の、愛の力で、彼は私を愛するようになる〟って。

彼女は過去の奥底にあった春の一夜を異様に正確に思い出した。だが、今夜のような奇麗で穏やかな晩ではなかった。雨模様か肌寒いパリの春の一日、明け方から冷たくて鬱陶《うっとう》しい驟雨が降り、木立の繁みの向こうで光っていた。マロニエが咲き、長い日中は空気が残酷にからかうように生暖かかった。誰もいない広場でベンチに腰掛け、彼女は彼を待っていた。濡れそぼった柘植《つげ》が、きつい匂いを放っていた。ゆっくりと悲しげに流れ去って戻らぬ時を計りながら、泉水に滴《しずく》が落ちていた。冷たい涙が頬を伝った。彼は来なかった。傍らに女が一人坐り、何も言わずに彼女を見詰めた。驟雨の下で肩を窄《すぼ》め、唇をきつく結んで考えているようだった。〝もう一人いるのね〟

彼女は昔のようにちょっと俯き、無意識に頭を腕にもたせかけた。深い悲しみが心に込み上げた。

〝どうしたって言うの？　それでも、私、幸せじゃないの。とっても落ち着いて、とっても平穏で。

こんなふうに思い出したりして何になるの？　どうしようもない恨みと怒りが目を覚ますだけじゃないの、ああ〟

だが唐突に、暗く湿ったブーローニュの森を横切るタクシーのイメージが記憶に甦った。下ろしたガラス窓から入ってくるあの澄んで冷たい空気の味と香りを、また感じたような気がした。その時、果汁を搾《しぼ》り出すように、ギョームの手が優しく、残酷に彼女の裸の胸を締めつけてきたのだ。諍《いさか》い、仲直り、苦い涙、嘘、酷い裏切り、そして唐突で甘美なあの幸福感。その時、彼は彼女の手を握り、笑いながら言ったのだ。

〝怒った？　君をちょっと苦しめるのが好きさ〟

「過ぎたこと。もう戻らない」訳の分からぬ絶望に駆られ、彼女は唐突に大声を上げた。いきなりどっと目に涙が溢れ、頬を伝うのを感じた。私、もう一度苦しみたい。

〝苦しんで、絶望して、誰かを待ちたい！　私にはもう誰も待つ人なんかいない！　私、年をとってしまった。こんな家、嫌いだわ〟彼女は突然、熱く思った。

〝こんな穏やかさ、こんな静けさなんか！　じゃ、娘達は？　そうね、母親の幻想こそ、一番根強くって、一番虚しいのよ。そう、私、あの娘達を愛してる、世界にあの娘達しかいない。でも、それじゃあ、足りないの。私、失くしてしまった歳月、失くしてしまった苦しみをもう一度見つけたい。今さら、愛なんて、ひどく嫌らしいし、ひどく醜いかも知れない。私、二十歳になりたい！　幸せよ、ナディーヌは！　でもあの娘、サンクロードでゴルフでもやってるわ、きっと！　あの娘、恋愛にはとっても用心深いのよ！　幸せなナディーヌ！〟

彼女はびくっと身を震わせた。ドアが開く音も、ナディーヌの足音も聞こえていなかった。彼女はこっそり涙を拭きながら、慌てて言った。

「明かりはつけないで」

ナディーヌは答えず、彼女の横に来て坐った。夜になっていた。それぞれ視線を廻らせたが、二人とも何も見えなかった。

かなり経ってから、アグネスが尋ねた。

「楽しかった？」

「ええ、ママ」ナディーヌが言った。

「今、何時頃？」

「もうじき七時だと思うわ」

「案外早かったのね」アグネスは何気なく言った。

ナディーヌは何も答えず、両腕に嵌めた細い金のブレスレットを互いに小さく鳴らした。

〝それにしても、この娘なんて静かなのかしら〞何となく驚いたアグネスは、声を上げた。

「どうしたの、あなた？　疲れてるの？」

「ちょっとね」

「早めに寝なさい。さあ、手を洗って。五分で食事にしましょ。廊下で音をたてないで、ナネットが寝てるから」

その時、電話の音が鳴り響いた。ナディーヌがさっと顔を上げた。マリエットが現れた。

「ナディーヌお嬢さんにお電話です」

ナディーヌは密かに胸をどきどきさせて、母親の視線を意識しながらそっと客間を横切った。電話のある小さな書斎の背後のドアを、音をたてず閉めた。

「ナディーヌ？……僕だ、レミだ……ああ、まずいなあ……許してくれ、な……機嫌直して……な、許してくれって言ってるじゃないか！　さあ、さあ」

彼は言うことを聞かない家畜をなだめるように言った。

「ちょっとは大らかになって、頼むよ……どうすりゃいい？　ありゃ昔の女だ。お情けってもんさ……ああ、ナディーヌ、君だってやっぱりこのまんまお終いにするの、やだろ？……どう？……どうなんだ？」

彼はそう繰り返した。結んだ唇から洩れる官能的で甘い笑い声に聞き覚えがあった。

「許してくんなきゃ。怒って緑の目が光ってる君にキスするのも嫌いじゃないんだ。目に浮かぶよ。稲妻みたいに光って、な？　明日は？　明日、同じ時間でどう？　どう？……すっぽかさないから、誓うよ……どう？……塞がってる？　嘘つけ！　明日だぜ？　同じ場所、同じ時間で。な、誓うって……明日な？」彼は繰り返した。

ナディーヌは言った。

「明日ね」

彼が笑った。

「There's a good girl. Good little girlie. Bye bye.（いい娘だ、いい娘だ、じゃあね）」

ナディーヌは客間に駆け込んだ。母親は動いていなかった。

「一体そこで何やってんの？　ママ」

ナディーヌは叫んだ。弾けたその声、その笑いを聞くと、アグネスの心に羨望に似たどこか苦い感情が過《よ》ぎった。

「暗いじゃない！」

ナディーヌが明かりを全部着けた。まだ涙で湿っている目が光り輝いた。頬がぼうっと火照っていた。歌を口ずさみながら鏡に近づき、髪を整え、微笑みながら幸せに輝く自分の顔、半ば開いて震えている唇を眺めた。

「突然、嬉しそうだこと」アグネスは言った。

笑おうとしたが、ぎすぎすした悲しい冷笑が口元にちょっと洩れただけだった。彼女は思った。

〝私、目が見えてなかった！　そうよ、この娘、恋をしてるんだわ！　ああ、この娘には自由があり過ぎるし、私は弱過ぎる。心配なのは、それだわ〟

だが、彼女は自分の心の中の、あの苦さ、あの痛みに思い当たった。古い友達のように、それに挨拶した。

〝私、くやしい。ああ、本当に！〟

「誰からの電話？　知らない人からの電話や内緒の約束をお父さんが嫌がるのは、ようく知ってるでしょ」

「分からないわ、ママ」

無邪気に光る目を母親に据えて、ナディーヌは言った。その奥に隠された密かな思いを読み取ることはできなかった……母、永遠の敵、戯言《たわごと》ばっかりくどくど言う年寄り、何にも分かっちゃいない、何も見えてない、自分の殻に閉じこもって、若者が生きるのを邪魔する事しか考えてないのよ！

「言っときますけど、私、分からないわ。ただ土曜日にやらなかったテニスの試合が明日になっただけ。それだけの話よ」

「それだけの話。ほんとに！」アグネスは言った。だが、自分の言葉のそっけない響きに自分で驚いた。

彼女は目を凝らしてナディーヌを見た。

〝私、馬鹿みたい。自分の古いことを思い出したりして。この娘、子どもだわ、まだ〟

一瞬、彼女は心の中で、長い黒髪を三つ編みにして、霧雨に打たれながら場末の広場に坐っている若い娘の姿を思い浮かべた。悲しくそれを見詰め、永遠に記憶から追い払った。

彼女はナディーヌの腕にそっと手を置いた。

「さ、いらっしゃい」彼女は言った。

ナディーヌは皮肉な笑いを押し殺した。

〝私もこの年になったら、こんなに……信じ易くなっちゃうの？ それに、こんなにおとなしく？ お幸せなママ〟

彼女は静かな侮蔑を込めて思った。

〝素晴らしいこと。無邪気で、心穏やかで〟

血の絆

1

アンナ・ドゥメストルは息子達にキスするために、爪先立って背を伸ばした。小柄でどっしりした老婦人だった。嬉しそうな屈託無い表情を浮かべようとしたが、ふっくらして血色の悪い瞼の下の疲れた目には、ほとんど輝きが無かった。口の端にちょっと笑みが浮かんだだけで、直ぐに、肥満して生気の無い顔に思わず皺が寄り、憂鬱《ゆううつ》そうな表情に戻った。

「心配するところだったわ」

婦人は控え目に、おずおずと息子達に言った。だが、今度は嫁達が入って来ると、ぎすぎすと、訴えるような声で言った。

「心配してたのよ。八時になるじゃないの……」

婦人は先にたって、寒くて狭い客間に入った。火の無い暖炉の前に、狭苦しい肘掛け椅子が輪になって並んでいた。婦人が腕を差し出すと、アルベールとオーギュスタンは、かすかに尻込みした。

兄弟は互いに違っていても、不思議と似ていた。アルベールは頬が丸々として血色のいい五十男だが、暗い目をしていた。オーギュスタンはもっと小柄で痩せていた。こめかみにかかる髪に銀色が混じっていたが、ぽってりしてきた顔は感じが良かった。引っ込み思案でぽかんとした風情が、時々、寝ている猫を思わせた。

母は一人ずつ尋ねた。

「元気？ うまくいってるの？」

二人は元気で、快活で、弾けるような声を作って答えた。ドゥメストルの兄弟が、母に対してだけ使う声音だった。アルベールが答えた。

「勿論です、お母様！ とても元気ですよ！ で、そちらは？ 嫌な季節だけど、いかがですか？」

オーギュスタンは、冷たく虚ろな笑みを顔から消し、親愛の情を込め、陽気で楽天的なそぶりで、両手を擦り合わせた。

「僕ですか？ 元気ですよ！ この上無しです！」

それから二人は黙って、愛しげに母を見詰めた。だが、母がこの晩、いつもの晩より黄ばんだ顔をしているのは、見えていなかった。善良な息子達だった。ずっと前から母には嬉しい出来事しか語らなかったが、それがほとんど無いので、大抵、話題が何も見つからなかった。

「アランが来たわ」

閉めた扉の向こうに、末弟の足音を聞きつけて、ドゥメストル婦人が言った。

アランが入って来た。アランとオーギュスタンは似ていた。だがアランの方が背が高く、すらりとしていた。痩せて棘のある顔に、皮肉で寡黙な表情が浮かんでいた。とは言え、その表情には、未だ一種の炎があった。オーギュストの顔からはとっくに消えてしまった炎が。

兄弟同士、握手を交わした。素っ気無く〝元気か？〟と呟きながら。

彼等は一瞬、暖炉の前で輪になった。互いに言葉も視線も交わそうとしなかった。それからそれぞれ肘掛け椅子を引き寄せ、軽く溜息をつきながら腰掛けた。妻達はまだ玄関で髪を整えていた。彼女達が入って来ると、三人の男達は同じように立ち上がって、迎えに行った。

自分の妻に語りかける時、彼等は即座に、低くこもって苛々しがちな普段の声と、素顔を取り戻した。楽しげで穏やかな表情は、仮面のように消えていた。直ぐに一種暗黙の合意で、カップル毎に分かれた。しかし、良夫ならぬアランが、自分の妻に、〝あのアンジェールの馬鹿に、手紙は急を要するって説明できなかったのか？〟と言った時、彼は、母親が知らない自分の生活の一端を、彼女が知らず、決して知るはずもない悩みと希望を、自《おの》ずと覗かせたのだ。

彼等の真ん中に腰掛けて、母はある時は誰かに、またある時は他の誰かに眼差しを向けた。刺すような目は、年のせいで生気が失せ、池の水のように濁って光っていた。自分達の顔つき、極《ご》些《く》細なしぐさに貼り付いてくる緑がかったこの眼差し程、嫁達を苛々させるものは無かった。それでも、婦人の顔はずっと憂鬱そうで、夜の鳥達のように精妙な皺の寄った重たげで血色の悪い瞼は、ほとんどぴくりともしなかった。

アンナ・ドゥメストルの家で日曜毎に会う時、嫁達はいつも同じソファーの上に集まった。下の二人の兄弟の妻達、クレールとアリックスは姉妹だった。アリックスの隣には彼女の二人の娘、マルチーヌとベルナデットがいた。完璧に陶器の人形のような姿で、色白で、金髪を撫でつけ、アリックスが刺繍した同じ襟から二つの小さなうなじが出ていた。

アンナ・ドゥメストルは孫娘達の襟に目を留めた。二人に側に寄るように合図を送り、溜息を吐《つ》きながら皺の寄ったリネンの生地に触った。

「あなたが襟の刺繍をしたの？　アリックス。見事なものね」

婦人は努めてそう言ったが、じっと目を据えて貪欲にあら捜ししているのが分かった。

「窮屈過ぎるわ、子ども達が可哀そう」

襟ぐりを指で触りながら、勝利を隠せぬ口調で彼女は言った。

「あなた達、息が詰まっちゃうわよね……」

婦人はもう満足していた。精緻な刺繍を嘆賞しようと、眼鏡を探した。

「素晴らしいわ、アリックス。妖精みたいなお仕事ね」

クレールとアリックスは目配せを交した。いつも、こんな調子だった。どちらかの家のディナーで、義母の好きな料理を心を込めて調理すると、彼女はたとえ気に入ったと言っても、直ぐに、警戒するような、悲しげな表情を浮かべた。〝クリームが多すぎるわ〟とか〝このパテは素晴らしいけど重たいわねえ……〟などと言い放った後、初めて、落ち着いて食欲を取り戻した。

婦人はアルベールの妻、サビーヌにはさらに気を使おうとしなかった。色褪せた金髪でふっくらしたサビーヌは、至極穏やかで、付き合い易い女性だった。金持ちでもあった。高名な外科医の孫娘で、アルベールは妻の実家の莫大な財産を相続していた。一方、クレールとアリックスは、持参金無しに嫁いで来た。

三人の嫁は、古いソファーの上で互いに身を寄せ合っていた。あくびをしまいと頑張るせいで、目が充血していた。彼女達は冷え込んだ狭い客間の家具と壁に、嫌悪の目を向けた。アパルトマンの正面の部屋は、ヴィクトリアン＝サルドゥ街に面していた。界隈でも一番静かで、陰気で、汚い通りだった。裏窓からは、この時刻、この季節には、風と、雨と、暗闇に沈んだサンペリーヌ校の校庭が見えた。

三兄弟は素っ気無い言葉を呟いては、黙り込んだ。いつもこんな調子だった。毎週日曜日には、母親の家で会うことになっていた。そして、それ以外の時は、それぞれに、兄弟の生活、心配の種、交友関係とは違う、自分自身の生活、悩み、友人があった。金持ちのアルベール、女房の目や考えを通してしか世間を見ないと評判のオーギュスタン、いつも暗い夢想の中に閉じこもっているアランは、時折、再会して親しげな言葉を交わすと、驚いたようにお互いを見た。時折（今晩は特にそう、とアンナ・ドゥメストルは思った）、ほとんど、お互い我慢できないように見えることもあった。敵？　いや、確かに、そうでは無かった。だが、名前と顔立ちの幾つかを除いては、もう何の共通点も無い他人同士だった。三人の間で誰か一人を語る時は、〝とんまのアルベール〟とか〝獣《けもの》のアラン〟と呼んだ。母親に誰かのことを言う時も、同じ調子が残っていた。悪気は無く、兄弟間で不平を言い合う時の古い習慣によるものだった！

〝お母様、あいつ、こんなことしたんです……あいつ、僕のもん取ったんです、お母様……〟

「マリエット、遅いわね」クレールが言った。

マリエットはアルベール、オーギュスタン、アランの妹だった。まだ奇麗だったが、既に年が刻まれ、四十になったら、パーティーで飾られる花さながら、一晩で萎《しお》れてしまいそうな繊細な金髪女だった。波乱に富んだ、不運な人生を送っていた。兄弟にとって、かつては〝我らがマリエット、愛しのマリエット〟だったが、今はむしろ〝お人よしのマリエット〟〝哀れなマリエット〟だった。愚かにも、遥かに年上の男と結婚し、さらに愚かにも、離婚していた。うっとりする程美しく、行く先々で恋が生まれた。あまりにも早く、あまりにも輝かしい人生が始まり、幸せが約束されているかに見えたが、ある日、それが破綻に帰した。誰にも何故か分からぬまま。今は年取って、一人で、子も無く、迷惑な小荷物のように次々に厄介払いする兄達の世話になっていた。

皆が食卓についたとたんに、彼女が入って来た。母親には彼女が、奇妙な程はっきりと見えた。

〝可哀想なマリエット、昔はあんなに奇麗だったのに……〟

息子達については、年をとったり、太ったり、髪や美貌や若さも失ったようには見えなかったが、マリエットについては、一種女の思いやりから、年が与えた被害ばかりが目についた。

食事が始まった。

白い陶器の古めかしい吊燭台は電気式になっていて、輪になった電球がナプキンをくっきりと照らした。ビロードの椅子、部厚い絨毯、お皿を載せる二重のメルトン織のマット、まるで音を立てず、銀の食器も響かせずに、ワゴンにお皿を載せる女中の静かな足取り、最初は、そうした全てが、ドゥメストル家の人たちには心地良かった。静けさに心が和んだ。軽口を交わし、スープを味わって、心から感嘆の声を上げた。

「ああ！　お母様、なんて美味しいコンソメでしょう！」

しかし、ディナーは長く、重苦しかった。母親を心配させ、悩ませかねない話題を慎重に避けながら、黙って、笑みを絶やさずいることに、彼等は疲れた。だが、母は、強く感じていた。息子達の間に、言葉には出さないが、何か諍《いさか》いの雰囲気がある……彼女は気を静めようとした。この子達は喧嘩なんかしない、この子達に共通するものなんて無い、それぞれが距離を置いて暮らしている。でも、それにしても……彼女は息子達を見た。アランはなんて黙りこくっているのかしら……〃アランの悲痛な顔〃兄達は腹立ち紛れにそう言った。他人なら誰であれ笑うか、気づきもせずに済んでしまう、しかめっ面、溜息、拙《つたな》い言葉でも、兄弟同士で見たり聞いたりすると、常軌を逸した、盲目的な、ほとんど獣じみた怒りを呼び覚ました。オーギュスタンの虚ろな笑み、アランの不機嫌、アルベールのへまな振舞、そのどれもが、不満、恨み、密かな怒りの種になった。

「子ども達は来なかったの？」マリエットがアルベールに尋ねた。

「ああ、お呼ばれがあってな。どんな馬鹿な友達でも、あいつらには親父よりましなんだ」アルベールは言った。

ジャン－ノエルとジョゼを思い浮かべると、腹が立った。あんなによそよそしく無関心で、俺を財布としか思っていない。〃それにあんなに冷たくて、そっけない〃

我が身を子ども達と思い較べながら、彼は思った。

オーギュスタンは思っていた。〃アルベールがここに来るのは、子ども達にこんなふうに言うためだけさ。〃わしには、家族以上のものは無い。お前達は、お祖母さん家《ち》のディナーの他にも楽しみはあるだろうに、って思うだろう。だがな、わしはあれを聖なるお務めと思っているんだ〃

アルベールは将来に対する保証を求めていたのだ。熟年の彼は、親に敬意を払うことで、自分も血縁に囲まれ、若者達の声を聞きながら年老いていける、という確信を買おうとしていた。そうすれば、近づく死の足音を聞かずに済むかもしれない。

〝マリエット、あいつが来る理由は？　ああ、たぶんお袋に五十フランせびる積もりだな。アランは……〟

オーギュスタンはアランの常軌を逸した計画、夢について考えた。アルベールと彼は、今度に限り、結束して、全力で戦っていた。アランは兄達に、マレー諸島のゴム農園を共同経営する話しがあると告げていた。旅費と初期費用を二人から借り、アリックスと娘達を二人の手に委ねたがっていた。彼自身の稼ぎは、僅かなものだったから。

〝お気軽過ぎる〟オーギュスタンは腹を立てて思った。しかも、単に金だけの話じゃない。この旅立ちは、結局アリックスを棄てるための、遠まわしの手段に過ぎんじゃないか。そしてアリックスと彼自身の妻は、姉妹だった。

〝こいつぁいつもこんな調子だった。獣のアランは。兄達に火中の栗を拾わせるのが、こいつの特別な才能だった〟

その間、アルベールがアランに尋ねていた。

「イギリス株の値打ちをどう思うね？　今、この時」

アルベールは最高につかない男だった。妻の相続を手にして以来、世間を痛めつけたあらゆる金融破綻に手を染めていた。アランは、アルベールが用心するあまり、財産の一部を英貨に移しただけの理由で、イギリスは一九三一年にポンドの切り下げを決めた、と言っていた。

アランは答えなかった。アルベールが質問を繰り返した。アランは夢から覚めたように見えた。

「人の言うこと……？　でも、俺は知らないよ」

「意見ぐらいあるだろ？　無いのか？」

「無いね」

「だけどな、お前は誰よりいい立場にいるんじゃないのか？」

「なんで？　俺が英国銀行の顧問だとでも思ってるの？」

「自分の仕事に関心のある銀行員だろうが……」

「正に、俺は自分の仕事に関心の無い銀行員さ」

「それにしたって、自分の周囲の話しは、よく耳にするだろ？　俺には投資金がある……アラン！　頼む。象牙の塔から出ろ。まともな意見を言ってくれよ。俺のイギリス株は売らなきゃならんのか？」

「いや」

「ああ！　なんでだ？」

「一つの印象だね」

「お前の印象なんぞ、俺が信じると思うか？」

「売りなよ。それじゃあ……」

「ほお？」アルベールは用心深く言った。「でも、なんでだ？」

「一体、俺に何を言わせたいの？　兄さん。誰も何にも分かっちゃいないよ。人より利口になろうとしなさんな。あんたはそれでいつもしくじるんだよ」

「そう思うのか？　でも、もしわしが売ったら？」

「ああ！　聞きなよ」アランは呟いた。

「売ったり買ったり、そんなの、封印することだ。それで、もう口にしなさんな」

「素敵ですな、あなたのアランは」アルベールは母親に振り向きながら、刺々しく言った。大きな顔に皺が寄り、すねた表情が浮かんでいた。

「あなたたち、何の話？　私、分からない。何を言ってるの？　私には分からないわ」

老婦人は心配そうに言った。

婦人の聴覚はまだ特別良かったが、面白くない話題になると、すぐ聞くのを止めてしまった。兄弟が互いにぶつけ合う刺々しい言葉が、婦人の心に重くのしかかった。一人一人、代わる代わる可哀想になった。可哀想なアルベール！　そんなに弟達に嫌われることは無いのに。弟達は彼の中に、金持ちの拙《まず》さと、エゴイズムばかりを見た。彼は意地悪ではなかった。婦人だけが、ほろりとさせる彼の善意、もっとひどい損をしてしまう行き過ぎた用心深さを知っていた。あの子の財産が、弟達との間に壁を造ってしまうんだわ。でも、どっちも金持ちじゃあ無いオーギュスタンとアランも、やっぱりあんまりうまくいっていない。昔はあんなに仲が良かったのに。ああ！　この子達、愛し合っていない。昔、私の心の中で、あんなに分かち難く結ばれていた息子達が。婦人は順番に、一人一人を贔屓にした。その悩み、その怒りに懸命に心を添わせた。不器用に、彼女は息子達を昔のように結びつけようと、あらゆる誤解や競争心を消そうとしてきた。〝不器用に、空しくね……〟彼女は苦い悲しみを込めて、そう思った。

それこそが、嫁達を苛立たせた。いつも誰かと誰かの縒《よ》りを戻したがる、兄弟を一緒にさせたがる、〃お願いよ、アラン、そんなふうにアルベールに答えないで！　兄さんじゃないの〃とか〃アルベール、オーギュスタンとクレールを招いてあげて。あの人達はあなたが凄く好きなんだから〃と頼みたがる。アルベールはオーギュスタンを招いたが、オーギュスタンは兄の家で死ぬほど退屈した。〃お母様を苦しめないために〃誰も敢えて拒絶はしなかった。でも大抵の場合、棘のある言葉、口論、皮肉できつい言葉で終わってしまった。彼女はそれも分かっていた。だが、他にどうすることができただろう？　母親の常套句〃お黙りなさい！……仲直りなさい……一緒に遊ぶのよ〃以外、どんな言葉を持っていただろう？

〃ああ！　それもこれも、この女房達のせいだわ〃婦人は憎しみを内に秘めて思った。前に坐っているクレールとアリックスに、ちらりと一瞥をくれた。二人とも、とても美しかった。決して切ろうとしないずっしりした黒髪、化粧っけの無い白い肌。それ自体が婦人には不愉快だった。クレールとアリックスが化粧しないのは、自分達の趣味というより、頬紅を塗ったマリエットへの当てつけのため、と強く思った。顔の青白さは、何か横柄な感じだし、唇は色褪せ、血の気が無いとしきりに思った。普段、この極自然な嫌悪を、彼女は隠していた。嫁達を好きになろう、自分の子ども同様に愛そうと真剣に努めた。習慣とその努力で、嫌悪を心の中で押し殺していた。しかしこの晩、婦人は疲れ、体調が悪く、気が沈んでいた。憎しみと怒りに溢れた混乱した感情が、否応無く、心にこみ上げた。全部、この女達のせいだわ……婦人には分かっていた。もし息子達が遅刻したら、もし具合が悪くなったら、もし不幸だったら、それはこの女達、この他人共のせい……だと。

婦人はか弱い声で言った。

「お食べなさい……食べてないじゃないの」

婦人自身、ほとんど何も食べていなかった。

「お具合が悪くて？　お母様」クレールが尋ねた。

義母に優しく好意を示すことに、嫁達は特別な、ちょっと残酷な喜びを見出していた。若妻だった彼女達は、義母の機嫌を損ねまいと、ひどくびくびくしていた。（哀れな婦人が威張っていたり意地悪だったのではなく、自分達が、愛した男の前に一層謙《へりくだ》るためだった）彼女達はそれを、何となく恨み続けていた。今や、彼女達は知っていた。知っているつもりだった。夫は自分だけのもの、と。

彼女達は息子を母親に引き止める絆を、とても巧妙に、とても効果的に蝕《むしば》んだ。とてもうまく擦切らせ、ほぐした。最早、絆が実際には存在しない迄に。今度は、自分達が寛大になれた。〝可哀想なお母様のことを考えて〟とか〝アラン、お母様に手紙書いたの？〟と言うこともできた。だが、義母に投げかける愛情に溢れた優しい眼差しには、密かな嫌悪と報復の味が残っていた。

幼いベルナデットは、何気無く自分の袖に触れている父の指を撫ぜた。アリックスは姉に向かって小声で言った。

「可哀想な子……凄くアランが好きなのに、痛々しいわ……それに、酷いご褒美」

彼女は手を引っ込めたアランを見ながら、止めを刺した。

「痛々しい、か……」アランは眉を顰《ひそ》め、皮肉で恥ずかしげな表情を浮かべて繰り返した。

ドゥメストル家では、暗黙の慣わしで、ある種の言葉が禁じられていた。それを使うのは、公衆の面前で泣き喚くのと同じくらい、彼等には受け容れ難かった。そのため、彼等の会話は、いつでも紋切り型の羅列になった。真剣な、もしくは意味深い言葉は悉《ことごと》く、注意深く、削除された。クレールは、夫や兄弟達は語彙を極端に謹むあまり、使い古された無難で穏やかな言葉しか使わない、と言っていた。あの人達が誰かのことを〝疲れている〟と言ったら、死にかけている、と言う意味だし、〝驚く〟という言葉は〝雷に打たれる〟っていう古い意味に戻るのよ。彼女が小声でオーギュスタンにそう言うと、彼は苦笑まじりに囁いた。

「なんと仰せの通り!」

二人は完璧、と衆目が一致する夫婦だった。丁寧さ、お互いに対する優しさ、一方の一種微かな侮蔑が、滑らかながら、見抜き難い外観を作っていた。

クレールは微笑んだ。オーギュスタンと彼女、二人は充分に理解し合っていた。だいたい、クレール自身、ずっと以前から、ドゥメストル流の話し方をするようになっていた。一方、アリックスはそれをからかい、挑発するように見えた。アリックスの声の響きを聞いて、クレールは驚いた。幼い頃、彼女の声は、静かで、弱々しかった。この刺々しく、ほとんど憎しみのこもった口調は、一体どこから? アリックスとアランの顔は、どちらかが振り向く度に、必ず不思議な怒りを込めて、衝突し、警戒し合うように見えた。彼女が彼に塩を渡してと頼んだ時も、きつい要求の調子を帯びていた。

皆が席を立った。母はオーギュスタンに囁いた。

「どうしたの?」

「いや、どうもしませんよ。お母様、何かあるとお思いですか？」

三人兄弟だけになった。妻達は客間でコーヒーを用意していた。

すぐさま、アランが尋ねた。

「で、考えてくれた？」

「ああ」

「それじゃ、あんた達やっぱり……」彼は黙り、深々と溜息をつき、上ずる声を静めようと努めながら、もう一度言った。

「本当に、俺を援けるのは無理なの？　素晴らしいチャンスなんだ。凄くうまくいく仕事さ。分かってる？」

彼は兄達に怒鳴ろうとはしなかった。〝よく考えて、話を聞けよ！　あんた達が援けてくれなかったら、俺はお終いなんだ。もうアリックスにも、今の暮らしにも我慢ならない。俺は発ちたい、発たなきゃならん！　分かってくれよ！　俺を分かってくれるのは、援けてくれるのは、あんた達、兄貴達じゃないのか？〟

とは言え、彼は火の消えた煙草を指の間で神経質に揉み潰し、普段より一層冷静な声で、ゴム液の年間生産を語り、ほんの僅かな望みをかけて、自分が名前だけは知っている仕事の素晴らしさについて、兄達を説き伏せようとした。

「素晴らしいお話だな」決してかっとならないオーギュスタンが、半ば目を閉じたまま言った。悦に入った、ちょっと皮肉な表情が顔をかすめた。

「お前にゃ想像もつくまい。その将来の活動の選択が、どれだけ思い出させてくれるか。ドゥメストル家に押された烙印をな。特にここにおいでの、親愛なるアルベール兄さんの烙印を。実際、広い世界にゃ煙草や紅茶の農場、工場、製油所、ダイアモンドや石炭の鉱山、油田があるさ。お前は過《あやま》たぬ失敗の本能と、アルベールを大損させた特別な破綻への嗅覚を持って、ゴムを探しに行くわけだ。今時、一番破滅的でいいやり方だぞ。おまえの金……すまん、俺達の金を失くすのにな」

「俺は発ちたいんだ」アランは歯噛みしながら言った。

「お前にゃ、こっちで仕事があるじゃないか。地味だが堅実な」アルベールが言った。

「俺は出て行きたいんだ。あんたにゃ分からない……」

「俺には分かる」オーギュスタンが言った。

アランはいきなり彼に一瞥をくれた。

「俺達、うまくいかないんだ。女房と俺は」言い辛そうに、彼は言った。

「本当に？」オーギュスタンが皮肉っぽく言った。「そうとも思えなかったが……」

「そりゃお前の方が悪いんだ」アルベールが力を込めて言った。「彼女への口の利き方、訳の分からんふくれっ面、娘達への冷たさ……」

「こっちの話しだよ、兄さん」

「その通り」オーギュスタンが静かに言った。

「俺達の人生に関わるのは、俺達だけだ。人生は自分自身のものでしか……いやはや、それだって充分、込み入ってるんだ。他人の、兄弟の人生をしょいこむことはできん。……特にお前の人生をな、アラン。別に責める訳じゃないが、お前ほど援けられ、支えられてきた奴はいないぞ。可哀想だが、お前の性格で、結婚はとんでもない愚行だ。ほとんど犯罪さ」

「俺は解放されたい……」アランは苦く呟いた。

「遅過ぎる」妙に活気づいて、オーギュスタンは言った。

「あんまりお手軽過ぎるだろう」

「何が俺を引き止めたかは、分かるだろ？　アリックスには金が無い。家族もいない。あんたの奥さんしかこの世にいないのは知ってるな？　そんなあいつが棄てられなかったのは、分ってくれるだろ？」

「分かる」オーギュスタンは呟いた。

彼は一瞬躊躇うように見えた。それから疲れた表情で目を閉じた。アリックスの不幸に加担したら、クレールは絶対俺を許すまい！　クレールの非難、クレールの憤慨は俺の力に余る……言うまでもなく、結婚の結びつき、彼が持ち続ける結婚への忠誠は、兄弟の結びつきより身近で動かし難い義務だった。

区切りをつけようと、彼はこう言いながら立ち上がった。

「俺にはお前がわからんよ」

彼は弟の目の、絶望的で思い迷った表情に打たれた。〝悲痛な顔つき〟か。彼は苛立ち、何となく自責の念に駆られて思った。アランの肩に手を当てた。

「うまくいくさ、な、何だってなんとかなるもんだ」

彼等は自分達を待つ妻達に合流した。マルティーヌとベルナデットは離れた小さなテーブルに坐ってドミノをやっていた。クレールが呟いた。

「コーヒー、冷めちゃったわ」

彼等は言葉も無く、コーヒーを飲んだ。掛け時計が打つ音が聞こえた。誰もがそれぞれ、母親が面白がる話しを心中、懸命に探した……サビーヌが家政婦達の話しをした。しばらく女達が賑やかになったが、また会話が途絶えた。沈黙がもっと頻繁に、もっと長くなった。静かに囁くような路上の雨音、それに時折、セーヌの小船の汽笛が聞こえた。家族同士、一時間以上一緒にいて、それぞれが、どうしようもない疲労を感じていた。あくびして、眠りたい恐ろしい欲求を堪《こら》えた。外に出れば、途端に眠気は消えてしまいそうだったが。アランでさえ、この時、自分のベッドのイメージが何より願わしく思えた。そこで、妻とまた会うことは忘れていた。彼女の存在も、非難も、涙も、この重苦しい沈黙よりはましだった。

どれだけじりじりしながら、時計の針ののろい歩みを見たことか。十時になった途端、皆、ほっとして、互いに愛想が良くなった。アルベールはコーヒーをもう一杯頼み、立ったまま飲んだ。

「お暇《いとま》します、お母様、夜更かしはよくないですからね……お休みなさい」

婦人は彼等を引き止めなかった。彼女も疲れていた。確かに、子ども達と会えて嬉しかった。日曜のディナーは、婦人にとって大きな喜びだった。だが、彼女は疲れていた。今夜は特に。昨日の晩、風邪を引いていた。時々きつい悪寒に襲われた。それから、スチームの熱で息が詰まった。婦人には一年の大半を、田舎のだだっ広く寒い部屋で暮らす習慣があった。そしてこちらでも、一人でいる時は、十一月で雨が降っても窓を全部開けっ放しにしていた。サンペラン公園から、濡れた葉、地面、霧の匂いが吹き寄せた。子ども達が寒いと訴えた。昼過ぎから点けっ放しのストーブが、渇いた熱とペンキの匂いを発散した。パリの建物の中で、秋に初めて火を点けると立ち上る匂いだった。

アルベールが言った。

「誰も乗せてやれんな。子ども達も拾わなきゃならんから、中はいっぱいだ！」

「いいとも、兄さん、大丈夫だ！　お休み、兄さん」オーギュスタンは陽気に言った。

オーギュスタンはもう一度母にキスした。

「忘れないでね。昼間にしょっちゅういらっしゃい。時間がたっぷりあるから」

「そうですね、お母様」彼はじりじりしながら、優しく呟いた。母の言葉は聞いていなかった。「クレールがお寄りしますよ。僕もね。それから、日曜日、ね？　日曜日に」

彼等は戸口で別れた。オーギュスタンと二人きりになったとたん、クレールは彼の腕を取った。

「それで？」

彼は肩を竦めた。

「しようがない！　あいつは発たんさ、当然な。金も無いのにどうして行ける？　あいつはアリックスと娘達を路頭に迷わせせんよ。それに、俺達をあてにできないのも、もう分かってる」

アランの常軌を逸した夢は、二人をいつもより親しく結びつけた。二人は奇妙によく似た、小さく、素早く、優しい声で話した。

「アリックスはなんと？」

「あの子に何が言えると思う？　アランが望んでるのは別れよ、それも、涙も言葉も無く。あんな馬鹿げた旅立ちなんて、言い訳よ。彼、何て言ったの？　あなたに」

「もうヨーロッパで暮らしたくない、事務所勤めが我慢できない、仕事が嫌いだし、自分に向いてない。そうかもしれんが、しかし……ああ、キャンプにでも釣りにでも行きゃあいいんだ。あれや、これや……自分の家族を棄てて、俺達におっかぶせるたあ！　ああ！　そりゃ駄目だ！　ああ！　そりゃあ駄目だろ。誰にだって自分の暮らしがあるんだ！　あいつはアリックスと子ども達に責任がある。そいつを俺達におっかぶせて、厄介払いしようとは、酷《ひど》過ぎる」

彼は憤然と繰り返した。

二人は黙り込んだ。歩調がぴったり合っていた。二人の顔が、同じ憤慨を表していた。それぞれ思っていた。〝金銭だけの話しなら……あの家族がこちらに求めるのは、こちらの時間、こちらの平和、こちらの幸福〟アリックスを慰め、ドゥメストル老婦人を宥《なだ》め……確かに二人は、彼女達を心から愛していた、自分の血、自分の肉を愛するように。幸せになって欲しい。だが、引き受けるわけにはいかない。

二人は地下鉄の駅の方へ、同じ傘の下に身を寄せ合って歩いた。お互いをこれ程身近に感じたことは、決して無かった。二人は、夫婦間の完璧な理解に達していた。それぞれが、相手の言葉を聞かずに話せた。それでも、以心伝心で分かっていた。自分達の言葉が、連れ合いの言葉ばかりか、自分達の心の奥底に隠された密かな思いに答えていることを。小雨の降る暗がりの中を足早に歩くと、心が和らいだ。オーギュスタンが疲れたように言った。

「もうアランの話しはしたくないな」

二人は立ち止まって、セーヌから吹いて来る風を吸い込んだ。

クレールが呟いた。

「可哀想なアリックス……」

それから、二人は自分達自身に、自分達の計画に、自分達の心配事に、アパルトマンに必要な家具に、夫婦を愛以上に結びつける日常生活の幾千という細々とした気がかりに戻って行った。

その間、母はアランとアリックスが最後に出て行った扉を閉めていた。一人になった婦人は窓を全部開けながら、しばらく部屋から部屋へと歩いた。なんて静かな！ 普段は気づかなかったが、今夜は、息子達の足音が遠ざかり、若い声が消えると、静寂が彼女を苛《さいな》んだ。恐ろしい老いの静寂。全てが同時に黙り込むような。外の生活の音も、青春時代にはファンファーレのように鳴り響いた魂の喜ばしい喧騒も……

婦人は家具から家具へ、のろのろと歩いた。一種嘆かわしく、情深い怒りを感じながら。実際、婦人は恐ろしい憂いを隠していた。〝男達は幸せだったわ〟婦人は思った。同じように年をとっても、彼等にはもっと面白くて夢中になれる仕事、政治、平和、戦争、世事があった……それにもっと生々しく、くっきりした思い出も。女達には編み物か嵌め絵遊びしか残らない。ああ！ 屋敷の楽しげな物音、昔は……子ども達の声、大きな音をたてて閉まる扉、こだまする笑い声、喧嘩騒ぎ……今夜は配膳室の女中の足音、フェルトの足裏で床の薄板をこする微かな音、溜息、食器台にそっと食器を置く音しか聞こえなかった。静寂の中で、それが延々と鳴り響いた。苦々しく、婦人は義理の娘達のことを思った。あの娘達、こんなことを言った、あんなことをやった……〝アリックスは全然しゃべらない。あの子がアランを苦しめているに違いないわ。クレールはいい子よ。オーギュスタンとうまくいってる。でも、オーギュスタンとうまくいかない人なんているかしら？　私の子ども達の中で一番頭がいいし、できがいいわ。でも、クレール自身は……息子達は私に何も言わなかった。私が分からないと思ってるのかしら？　もしかして、もしかして、実際、私には分からないけれど……〟

婦人は深々と溜息をついた。頭が重く、時々軽い身震いに襲われた。風邪を引いたに違い無かった。婦人は女中を呼び、嘆かわしげにくどくどと注意した。ベッドの中の湯たんぽが充分暖かかったためしが無いし、シーツをぴんと引っ張ってない。それでも、婦人は開けた窓から離れなかった。心地よく、風が灰色の髪の房を乱すに任せ、水と葉の匂いがする空気を吸い込んだ。それから床に着いた。ほとんど直ぐに、婦人は体内で熱が上がるのを感じた。昨日の晩から、彼女は悪寒と熱っぽい疲れを押しやっていた。今、それが襲ってきた。骨髄から引き抜かれるような最初の深い震えに、灼けつくような波が続いた。婦人は辛抱強く、それに耐えた。一種の満足を感じながら。それは彼女の血を暖め直し、不思議と心を軽くし、失われた活力とユーモア感覚をちょっぴり甦らせた。婦人は子ども達、特にアルベールを思った。母親が病気と分かった時、あの子が最初に思うのは、〝俺にはこれが欠けてたんだ〟かも知れない。可哀想に！　あの子は自分の病気も、人生のあらゆる災難も、神様が特別自分に向けたものと思ってしまうのよね。彼女はくすりと笑った。オーギュスタンの、アランの、マリエットの反応を想像した。

〝あの子達、次の日曜まで、静かにしていたいなんて〟年々鈍ってきた婦人の思いが、突然、息を吹き返し、いたずらっぽく、ほとんど溌剌としてきた。私だって、いつでも不機嫌な老婦人だったんじゃないわ……子ども達はそれを忘れてしまったけど……婦人は息子達を、いつものように讃嘆、尊敬、無理解、密かな苦痛ではなく、母親が時に幼子に感じるような、大らかさとからかうような愛《いと》しさを込めて思った。未だ人になりきらず、訳の分からぬ若い動物のように面白い。弱弱しくて、ほろりとさせて……ありがたい痛み、ありがたい発熱、それは肉体を縛る紐をそっと解《ほど》き、もっと大きな叡智、もっと鋭い見識、もう一度血を沸き立たせる熱を与えてくれる。

だが、小さな冷感の波に襲われ、婦人は歯を噛み締めて、それを受け容れた。老体は直ぐに痛み始め、熱のリズムに慣れていった。そうするうちに、少しずつ頭が一層重くなり、こめかみの後ろに重苦しい痛みを感じた。息をするのが苦しかった。肺の両側が締め付けられ、空気がそこで止まってしまうような気がした。婦人は必死に、苦しげな呻き声を上げて、空気を胸から引きずり出した。枕の位置を変えて、ひんやりしたタオルに頬を当てたかったが、燃えるように熱い枕は重かった。婦人は突然、自分の衰弱と疲労を感じた。目を閉じると、少しずつ危険な熱が上がり、氷と炎ののろくて絶え間無い波のように、婦人を襲った。今は婦人の中に、何も残っていなかった。思いも、後悔も、欲望も。子ども達のイメージも遠ざかった。痛みと弱々しく戦う、厄介な体があるだけだった。なんと長い夜！

朝になると、熱は下がっていた。婦人は息子達に知らせた。それぞれが、仕事や楽しみの合間を一時間縫って、代わる代わる母親の家に立ち寄った。彼等は枕元で、悲嘆に暮れて繰り返した。

〝それにしても、昨日はあんなに元気だったのに！〟

午前中に医者が来ていた。医者は、待つ必要がある、未だ診断は下せないと言っていた。三人の義理の娘達はそれぞれの場所に着いていた。独りは枕元に、他の二人は客間に。彼女達は直ぐに不器用な男達を追い出した。奇麗な手で、落ち着いて婦人のベッドを整え、毛布を軽々と持ち上げた。ただ一人、マリエットが、引きつり、怯《おび》えた顔をして右往左往していた。彼女はベッドに近づき、母親を見た。義理の姉達が穏やかに肩を竦めながら、彼女を落ち着かせた。

「たちの悪い風邪よ……何でもないわ」

「季節の病《やまい》ね」サビーヌが言った。

「今夜は看護婦が付き添いますよ、お母様」

「何のために?」

誰も答えなかった。病気のことは聞いていない。若い女達は夜に備えて部屋を整えた。カーテンを下ろし、ランプを被《おお》った。火を灯し、大理石のマントルピースの上に、ラベルがよく見えるように薬瓶を並べた。

それから、それぞれ自分の家に戻った。しかし、誰にとっても、不安で眠れぬ、やりきれない夜だった。別れる前に医者に電話すると、医者は明日来ると約束した。

「流感でしょう? 違いますか?」アルベールは尋ねていた。

「そうですな……しかし肺がやられています。聴診すると、水泡音が聞こえます。とにかく、明日お会いしましょう」

明日……誰もがベッドで、目を閉じ、時計の音を聞き、冷えた足を毛布の下でそっと延ばした。寒い晩だった……オーギュスタンは時々身震いして、呟いた。

「電話じゃないか……？」

「違うわ……お休みなさい……そんなに心配しないで！」

明け方、彼は雨戸の隙間から入る微かな光の中で妻を見た。すやすやと眠っていた。素晴らしい黒髪が枕の上で解《ほど》けていた。彼は思った。

「結局、人は孤独だ。クレールは哀れんでる。苦しんじゃいない。だが、何でこいつが苦しまなきゃならん？　しっかりおふくろの面倒をみてくれたんだ。〝お母様のお世話は楽じゃあないわ〟っていつも言っちゃいたが。今は安らかなもんだ」

突然、妻をこんなに遠く、こんなに他人のように感じて、彼はほとんど慄《おのの》いた。おそらく、途切れ途切れに見る夢のせいだった。半ば夢想、半ば悪夢、それが、彼を丸ごと、極近い過去に投げ込んでいた。そこに、妻はいなかった。あのアルベールの馬鹿は何をしているのか？そして、アランは？

彼は苛立ちと嘲りを込めて、二人を思った。にも拘《かかわ》らず、二人に会いたかった。

二日目が過ぎて行った、とてもゆっくりと。兄弟達は老婦人が寝ている部屋に、代わる代わる入った。彼女は身動きしなかった。彼等は言った。〝寝ているよ……〟そして、そうっと出て来た。とは言え、婦人は快方に向かっているように、彼等には見えた。昼、婦人は目を覚まして、少しだけ食べた。彼等は一息ついた。だが、女達は、一切気を許さなかった。希望に騙されなかった。

女達……ああ！　彼女達がどれだけ有能で、合理的で、活動的だったか！　彼女達は静かに語り合い、口にした。〝お気の毒なお母様〟彼女達は医者に電話した。とても好きだけれど、必要ではない人の死を前にして感じる、あの悲しみの幻影を鞭打ち、掻き立てた。四時になって、熱が再び上がると、先ず口を開いたのは彼女達だった。

「診察が必要ね」

二人の医者はなかなか来なかった。皆、重々しく、苛々しながら到着を待った。手が凍えた。遅くなっていた。誰も夕食を摂っていなかった。息子達の心の底には、深い疑いがあった。〝おふくろが死ぬ？　そんな馬鹿な！〟母親が死ぬという考えを意識の底に下ろすには、彼等には時間が必要だった。だが、彼女達は何と諦めが早かったことか、女達は！　どれだけ、死別に際して落ち着いていたか、どれだけあらゆる希望を消し去り、溜息をつくのが得意だったたか。

〝あの方は決して養生したがらなかったわ〟〝あのお年で風邪を軽く見ると、大変なことになるのよ〟〝私の母が死んだ時は……〟

彼女達は困惑し、心配し、深く悲しんでいた。けれども、至極落ち着いていた……病気の老婦人の最後以上に、自然で、予想される事がこの世にあるかしら？

やっと医者が現れた。彼は患者を聴診し、看護婦に質問し、きっぱりと言った。

「気管支炎ですな……それほど深刻ではありません」

彼はアルベールに一緒に部屋を出るように合図を送り、告げた。

「ああ、これは困りましたな。心臓の脇に合併症があるのが怖い。心臓部に酷い痛みを感じておられます。これは心配です！」

「深刻ではないんじゃあ?」アルベールは気遣わしげな大きな顔を伏せて、医者に言った。

「あの合併症を避けられれば、深刻なことにはなりません。私はそれを願いますが、しかし……結局、待つしかありませんな……明日の朝、診てみましょう。明日の朝、良くなっていることを願います」

アルベールは耳を傾けた。そして、少しずつ、ゆっくりと、彼の中で考えが生まれた。

〝あの人は死ぬ……私の母は死ぬんだ〟

2

夜が過ぎて行った。かくも長く、かくもゆっくりと……三人の女達は、客間の暖炉の傍らで編み物をしていた。開けたままの扉の向こうに、うとうとしている母親が見えた。頬には赤い滲みが浮き出し、血の気の引いた鼻は抓《つま》まれたように細かった。女達は顔を左右に振りながら、彼女を眺めた。

〝お気の毒に。悪い方じゃ無かったわ。ちょっと……気難しくって、ちょっと意地悪だったけど……でも、あのお年じゃあ……〟

彼女達は時々立ち上がって半分開いた扉まで行き、看護婦に小声で語りかけた。

「ずっと同じですわ」

「お医者様は心臓を心配してたわね、そうでしょ?」

「ええ、そうですわ。できることは、何もありません」

「おいくつだったかしら？　こんなに長生きは、したくないわね」

少しずつ、彼女達は他の事を話し始めた。溜息をついた。

「アドリアンヌを見た？　青いドレスじゃなかった？　今度、あんなの注文しなきゃいけないのかしら、分からないわ」

沈黙、そして
「いつだって黒の方が実用的なのよ」

彼女達だけだった。夫達は食堂に坐っていた。彼女達が見ると、食卓を囲み、黙って煙草を吸っていた。マリエットも一緒にいた。

クレールが来るように合図を送ると、オーギュスタンは立ち上がり、そっと扉を閉めた。

病人は時々呻き、息が詰まって苦しみを訴えた。婦人は半分窓を開けるように頼んだが〝後で後で……明日、陽が昇ったら〟と言われてしまった。彼等は、病人の時間が身近な者達と同じには計れないことを、知らなかった。明日まで、どれだけ長い時間が残ることか……苦しんで、登って、息をつきながら夜に辿り着き、それを山のように攀じ登らなければならなかった。

婦人は自分に差し伸べられた手と、ひんやりした腕を払い除け、身を震わせた。〝分かるだろ。寒いんだ〟彼等は毛布をもっと引っ張り上げたが、婦人は息が詰まってしまった。雨戸とカーテンを閉めた。閉め切られた部屋は、暑く、息苦しかった。もう彼女には、自分の胸から上って来るぜいぜいした音しか聞こえなかった。目を閉じた。時間がのろのろと過ぎて行った。一人、また一人と息子達がそうっと入って来て、ベッドの側で立ち止まった。彼女は見る必要がなかった。オーギュスタンのゆっくりした足取り、アランの軽い足取り、アルベールの溜息が分かった。アルベールはしきりに悲しげに溜息をついた。肩に重荷を担《かつ》ぎ上げるように。

息子達は、順番にやって来て、婦人の上にゆっくり身を屈めた。その場を離れると、女房達の問いかけには答えず、客間を横切って兄弟に合流した。

その晩は、一緒にいると気分が軽くなった。何も言わずにいられた。一人だけ、アルベールがしゃべっていたが、誰も聞いていなかった。〝昔みたいだな〟アランは思った。アルベールはいつでも弟達から侮蔑的にあしらわれていたが、今夜はそれで傷ついたり、驚く様子も無かった。かつて、金持ちの老いたる重要人物に未だなっていない頃、彼は弟達にとって、マリエットにそうしたように、美貌とあらゆる才能を自分達に残しておいてくれた〝太っちょアルベール〟〝お人好しのアルベール〟に過ぎなかった。

オーギュスタンは時折立ち上がり、窓辺まで行ってカーテンを開け、降る雨を眺めた。かつてのせかせかした軽快な動きと、歳月が消してしまった炎を取り戻していた。マリエットは暗がりに顔を隠して煙草を吸っていた。そうしていると彼女の表情に、再び、兄達が大いに愛したあの捕らえ難い優美さが、ちょっぴり表れた。

隣の客間にいる妻達には、夫達の言葉が聞こえなかった。時々耳を澄ましたが、だが……彼等は黙って待っていた。クレールが小声で呼びかけた。

「ねえ、こっちに来て……その方がいいでしょ」

答えが無かった。

アリックスが上ずった声で呟いた。

「いったいあの人たち、何の話をしてるの？」

姉は哀れみを込めて、妹をちらりと見た。恋と嫉妬と厳しい愛にやつれた、張り詰めて不安そうなその顔を……姉は聞き耳を立て、肩を竦めながら言った。

「分からないわ。アンドレ伯母さんのこと、従妹のアンリエットのこと、二十年前に死んじゃった親類達のこと。あの人達にはどうしようも無かったみたい」

彼女は立ち上がって、編み物を畳むと義母の部屋に入った。看護婦が婦人を枕の上に引き上げ、水を飲ませていた。彼女は尋ねた。

「何かお望みのものはありませんか？　お母様」

老婦人は答えなかった。いや、彼女に望むものは無かった。けれども、具合はもっと悪くなり、息をするのがもっと辛くなった。しかし、婦人には息子達の足音、静かで押し殺したその声が聞こえた。息子達がそこにいることが、分かっていた。彼女は分かっていた。今、それを確信していた。何度も何度も恐れたように、臨終の夜、がさつなジョゼフィーヌに看取られて、呼んでもなかなか来ない息子達を待ちながら、一人死んでいくのではないと。いったい何度、一人で死んでいく夢を見ただろう。誰もいない夏のアパルトマンで、蔽いのかかった家具に囲まれて！　ヴァカンスの季節が近づくと、何故、彼女がこんなにも悲しくなるのか、子ども達にはまるで分かっていなかった。子ども達は何にも分かってない……しかし、今や、婦人には分かっていた。息子達はそこにいて、危険が全て遠ざかるか、あるいは逆に、彼等に囲まれて死が訪れる時にしか、自分から去らないと。

看護婦がクレールに訴えた。

「こんなに縮こまっちゃいけませんわ。肺が詰まってしまいます。枕の上で、じっとしていられないんです。私がもたせかけても、直ぐに後ろに落ちてしまって。手伝っていただければ……」

クレールは老婦人の肩を抱き、やっとのことで優しく持ち上げたが、彼女達が手を緩めると、直ぐに重い体はまたベッドの底に沈み込み、頭はクッションの窪みにずっしりと落ちてしまった。

クレールは食堂に入った。夫達は揃ってランプの下で身を屈め、小声で話しをしていた。

明かりに照らされたマリエットの金髪を、奇妙な嫌悪を感じながら彼女は見た。煙の輪のように、解《ほど》け、淡い色合いで、ふわっとしていた。生気を失くした顔の周りの奇麗な金髪……なんか嫌だわ。

「あなた方のお母様を持ち上げるの、手伝ってくださらなきゃ」彼女は言った。「あんなふうに寝かされてたら、呼吸にも心臓にも悪いわ。でも、ご自分じゃ起きようとしないのよ。分からないわ。あの方、戦わないのよ。戦わなきゃ駄目」

オーギュスタンは立ち上がり、今度は自分で、病人を枕に引き上げに行った。それでも、他の人と同じように、婦人は彼の手から滑り落ち、縮こまって、呻き声を上げた。彼は黙って母を見詰め、そのままにしておくと、クレールに合図を送った。

「でも、それじゃ体に悪いって言ったでしょ……」

返事をせずに、彼は部屋から出た。クレールが繰り返した。

「あのままにしておいたら、駄目じゃないの」

「ああ！」アランがそっと言った。「あいつら、まるでそっくりだね。あのアスランの娘達は」

オーギュスタンは苦笑した。クレールとアリックスが、彼等にとって、アスランの娘達に過ぎなかった頃を思い出した。警戒し、慎重に、冷ややかに迎え入れた、遠い他人の〝アスランの娘達〟。

アランは呟いた。

「そっくりだよ……あいつら、物事に立ち向かうんだ。真正面から。腕を振って、語って、運命を変えてやろうと思うんだね……えらくエネルギッシュだ」

オーギュスタンはゆっくり肩を竦めた。

「そう……エネルギッシュで、情熱的で、忠実だ」

彼女達は病気を、死そのものを前にして戦っていた。一方、ドゥメストル家の本能的な姿勢は、待ち、放っておき、何であれ事の決着に任せる事だった。オーギュスタンは、今晩、自分達を兄弟、血族の方に投げ返すのは、多分それかも知れない、と思った……自分達には無益と思える頑張りを前に、兄弟は同じ疲れを感じていた。

彼等は役立たぬ言葉、甲斐無い気遣いで、この耐え難い漠たる不安をごまかそうとした。何の打開にも慰めにもならない行動は、結局少しずつ、黙って待つだけに変わった。

そう、彼等は待ち、ひっそり身を隠し、縮こまって、何も思わず、何も言わず、目を閉じていなければならないと思った。ところが女房達は……彼女達の中には無関心も、侮蔑も、高慢な知恵も無かった。

「そんなことしたって、まるで無駄なのに」アランは呟いた。苦しげに、顔が引き攣った。兄は、彼がアリックスのことを考えていると思った。彼女は、何年経っても、未だにアランに自分を愛させることを諦めなかった。そう、誰が知ろう？ 彼女は自分と同じような愛を、彼の中に生まれさせようと、躍起《やっき》になった。そうでなければ、今頃二人の間には、我慢やいくばくかの愛情があったかもしれない、ところが……

アランが思っていたのは、正にそれだった。そして兄達には、彼の心の内が読めた。兄弟達は、お互い、感動も無ければ、毒にも薬にもならない、血も実体も抜かれた虚ろな幽霊ではなくなっていた。今夜は不安と恐れで、普段以上にそれぞれの行動、それぞれの気配に敏感になり、そのために、兄弟の思いがより察知できたのか？ 〝それでも、お互い変わっちゃいない〟オーギュスタンは漠然とそう思った。兄弟愛で、いきなり見方が変わった訳じゃない。俺、オーギュスタンは、アルベールは馬鹿で、アランは無口でエゴイストだと、今も思っている。彼等も、多分、兄弟の厳しさ、兄弟の狭量さで俺を判断し続けているだろう。にも拘らず、彼等は理解し合っていた。

一人が、唐突に尋ねた。

「お祖父様は、いくつだった？ 亡くなった時」

客間から、クレールの声が聞こえて来た。

「お母様、明かりで疲れてしまうわよ」

兄弟は答えなかった。祖父は死んだ時、いくつだったか？

クレールには、何も心に響かない名前に過ぎなかった。兄弟にとっては、いつかそのために死ぬかもしれぬ病を、残してくれた男だった。

その間、クレールとアリックスも小声で語り合っていた。アリックスはアラン、子ども達、人生を嘆いた。

「ベルナデットは、時々彼に反抗するの。彼のお気に入りなんだけど。マルティーヌ、あの子は私が彼に憧れたみたいに、彼に憧れて、跪《ひざまず》いてるわ。でも、彼は、あの子達を愛していない。家庭も、私も愛していない。他に女がいないのは、よく分かってるけど、そっちの方が悪いわ。もう愛するのを止めちゃった男にぶつかって、取り戻すことってできるでしょ、だけど、あの人は……ああ、私、あのドゥメストルの心がどれだけ憎いかしら。逃げ腰で、捕らえどころが無くって。あの人たち、皆、同じよ。私達、それで、あの人たちを愛したんだけどね。若かった頃、アランを愛す前に、私、ドゥメストル一族を丸ごと愛していたと思うの。あの人たち皆が持ってた、あの〝家族の雰囲気〟が好きだった。あの人達の癖も、短所も、穏やかな声も、奇麗な手も……私、アランを知る前に、彼を愛していたんだわ。姉さんやご主人から名前を聞いただけの時、私がほんの子どもでしかなかった時。あのドゥメストル家！　あなた、覚えてる？　クレール」

クレールは思い出した。ああ、彼女達にとって、どれほど不思議な魅力を持っていたことか、あのドゥメストル家が……彼女は当時は豊かで幸せだったドゥメストル家が、自分達の別荘の隣にあった館を、初めて借りた夏を思い出した。彼女達、幼いアスラン姉妹は、ぱっとしない保険代理人の娘で、田舎の高台に建てられた汚くて小さな建物でヴァカンスを過ごしていた。戦前風の、スイスの民家を真似て建てられた別荘で、尖《とん》がり屋根、隙間のある木のバルコニーがあり、門には貝殻と小石で名前が刻まれていた。そして、その隣に、あの美しい館が！　すっきりと上品で、庭園はしっとりした樅の林に溶け込んでいた。マリエットの婚約を祝うために、ドゥメストル家が舞踏会を開いた夜、幼いアスラン姉妹は朝まで窓辺に凭《もた》れて、輝くガラス窓の向こうを通り過ぎる、踊り手達の姿を追った。九月の晩で、もう寒く、骨まで冷え込んだ。時折、カップル達がバルコニーに出て、薄く美しいドレス、剥きだしの腕が見えた……その頃、クレールは十五歳、アリックスはやっと十歳だった。そして今、この時、あの伝説のドゥメストル、ドゥメストルの世界が、姉妹から二歩離れた所で、ゆっくりと、しぶとく、再現されていた。

「あの人達、何を話しているのかしら?」

彼等は館の話し、子ども部屋の設《しつら》えや、母親のドレスの話しをしていた……アランは聞き役だった。兄達は彼に言い捨てた。

「お前は思い出せないな。小さ過ぎて。生まれる前か」

そしてアラン、この世の全てに侮蔑的な無関心しか抱いていないアランが、口を開けて、不思議にも〝家族の赤ちゃん〟に戻って、聞いていた。その表情に、突然、大人の会話に特別に入れてもらえて、びっくり仰天している末弟の丸々とした顔が表れた。〝お前は覚えてないな、お前は、アラン〟だが、よく覚えている、と彼は思った。だが、黙ったまま、兄達に逆らわなかった。今、兄達が自分に抱かせた憧れ、畏敬、恐れの感情が、心の奥底で無傷なままであることに、気づいていた。

オーギュスタンとマリエットは、同じしぐさで、結んだ掌《てのひら》の中でヘーゼルナッツを割りながら、小声で語り合っていた。マリエットは溜息をついた。その顔が、兄達が決して忘れることのできない、うっとりする程美しく、軽やかな若さと優美さに輝いた。兄達は、彼女の顔に、年齢と人生に痛めつけられるままの、自分達の青春のイメージを見た。だからこそ、彼女が許せなかったのか……今、暗がりの中で、兄達には、未だとても美しい彼女の目しか見えなかった。彼等は優しくちょっと耳障りな彼女の声を聞いた。彼女が老いたことを、彼等は許した。改めて、兄達は彼女を愛した。

「ああ、覚えてる？　覚えてる？」

何を？　何も。物音、人影、とても単純な過去、だが、他人は知らず、分からなかった。妻達には分からなかった、そう……彼女達は家族では無かった。

聞いていたアルベールは、慎ましく、嬉しそうに言った。

「そう。そうなんだ、オーギュスタン、そうなんだよ」

彼等はアリックスも、クレールも、サビーヌも知らなかった人達のことを話した。女達には曖昧な呟きと、突如、聞いたことも無い名前が聞こえた。ジョルジュ？　アンリエット？　友達かしら？　親戚？　彼女達は、一層身を寄せ合った。心の底で、自分達が、義母の病気にも、あり得る死にも無関心なことは、よく分かっていた。どうしても夫達と悲しみを分かち合いたかった。だが、彼等はやんわりとそれを拒絶した。ドゥメストル一流の強情さで。犬が、見えない仕草で煩わしい首輪から首を外すように。彼女達は残酷に、震えながら、貪欲に願った。この時、愛する男を、身近に、自分だけのものにしておきたいと。彼等を慰め、愛撫し、そして何より、しっかり思わせたかった。自分には世界に妻、子ども達、家庭しかない、それこそが全てに取って代わり、永遠にそれで充分なのだと。

サビーヌも敷居までやって来た。

「明る過ぎるわ。本当に。お母様、疲れてしまうわよ。こっちに来て。客間に来てよ」

彼等は断わり、彼女を追い払うように、急いで頭を横に振った。

マリエットがランプを消し、暖炉の側の電球だけを残した。すると、まるで彼女の部屋で、母が寝ている時、朝まで兄弟一緒にいた夜のようになった。初めて、月が照らす空を見上げる年頃、どれだけ甘く、深い願いを込めたことか！　癒せない傷を彼等に与えたのは幼年時代では無く、青春だった。思春期、まだ淡い初恋……責任も、義務も、四十歳のうんざりする重荷も無かった。

「どれだけお前は奇麗だったか！」アランが素直に言った。

マリエットは悲しく溜息をついた。

「そうよね、そうでしょ？」彼女は言った。

「お前は、人生を台無しにしてしまったなあ、可哀想に」

オーギュスタンは奇妙な苦さ、異様な怒りを込めて言った。妹より、自分に語りかけるように。

それぞれが思っていた。

〝俺達は、本当に自分の人生を台無しにしてしまった……大体、人は必ずそうなんだ。ただ生きるってだけで〟だが、誰も、何も言わなかった。友人、妻だったら煩わしい言葉が必要なこんな時も、兄弟、姉妹なら黙っていられる。溜息をつき、表情を曇らせれば足りる。それぞれが思っていた。〝可哀想なお母様！〟それから直ぐに自分を思った。だが、兄弟の奇跡で、自分を思っても、他を遠ざけなかった。

「覚えてるだろ……」

彼等は安心して笑みを交わした。オーギュスタンは思った。〝女達とじゃ、こんなに安心していられない。こんな思い出だって、がつがつ聞いてくる。愛する男の過去の屑を全部掻き集める。それで、受け容れるか、永遠に棄てるかだ。自分に関係が有るか無いかで。「それ、私を知る前の話し？　それ私達が会った後なの？」〃

それ以外は存在しない。男達の人生は、女達が彼等を独占したその日、その瞬間に始まるに違いない。

3

夜が極度にゆっくりと、過ぎて行った。母は眠っているように見えた。もう、頭を持ち上げる力が無かった。水を飲みたかったが、人を呼び、唇を開き、水を吸い込まなければならないと思うと、力が出なかった。とても晩《おそ》くなっていた。婦人は目を開け、ランプに照らされたベッドの銅の格子が光るのを、呆然と眺めた。痛みは止まっていた。底深い無関心を感じた。病気の不安も無く、もう子ども達のことも思わなかった。婦人は休んでいた。義理の娘達の顔も、アランの不幸な人生も、忘れていた。一つ一つの物を順番に眺めた。逃げて行く思い出を、もう一度見ようと、追いかけているような気がした。脈拍が下がった。看護婦は、水差しの水を温め、カンフル剤を入れた容器を用意した。

マリエットが姉達を手伝いに来た。兄達の所へ戻った時、彼女は震える声で言った。

「ひどく弱ってしまったわ」

驚いた兄弟達は寝室に入り、ベッドを囲んだ。看護婦が彼等を押し戻した。

「人が多すぎますわ、ここには」

涙がマリエットの頬を伝った。オーギュスタンは溜息を洩らした。

「可哀想に！　お前が一番辛いだろうな」

「私、ひとりぼっちだわ！」彼女は呟いた。

「そうだな」アランがそっと言った。「だが、俺達は皆そうさ、な……」

オーギュストは一種嬉しい苛立ちを感じながら思った。〝こいつ、なんて俺のことが分かってやがるんだ、畜め！　いつだって、俺以上に俺が分かってた〞

「俺は、俺はサビーヌとまずく無いぞ」アルベールがおずおずと言った。「だが、子ども達がなあ……ああ！　子ども達が……」

彼は、とうとう、自分の恨み、愛、怒りを覗かせた。

「子ども達……してやる全て、くれてやる全て、その代わり、いつかこっちが死んでいく時、あいつらに、その場にいて欲しいんだ。今の俺達みたいに、こんなふうに……悲しんで、そう、ひどく苦しんで、そうなんだ、それにしても……」

皆、黙り込んだ。深い哀れみを込めて、暗がりの中でほとんど見えない母親の顔を見詰めた。婦人は呻き、溜息をつき、注射を跳ね除けた。彼女が落ち着くと、誰かが注意深い手つきで、ランプを遠ざけた。オーギュスタンが言った。

「そう、大したことじゃあない……だが、俺達はこうして……な？　もう、こうしてここにいる」

「もう、そうしょっちゅうは会わんだろうな」アルベールがいきなり言った。「残念だ。お前らに言いたい……何だかんだ言っても、俺達は兄弟だ……お互い好きなんだ……時には会わなきゃいかん、どうだね?」

「そりゃそうさ、兄さん、勿論だよ」オーギュスタンがほとんど優しい声で言った。

「分かるだろ。俺達にゃ、憎しみの種が無い。そいつは不幸さ。強烈な憎しみ程、家族をしっかり結びつけるもんは無いんだ。それで一つの畑、一本の葡萄の木のために兄弟同士いがみ合う。俺達の間にゃ、そんなもんも無い。兄弟だから特別に腹が立つ。それだけさ。アルベールの溜息、お前の不機嫌、な、アラン」

「あんたの唇の動きもな。皮肉でやる気が無くって、俺は引っ叩きたくなるんだ」アランは言った。

二人は薄く笑った。

「それでも、私達、あんなに仲良くて、親しかったじゃない……それから恋をして、全てお終いになっちゃったわ」

「恋より、結婚だな」オーギュスタンが言った。「恋はただ一時《いっとき》の例外的な結びつきさ。本当に大事じゃない。だが、結婚は、いつだって、二つの人間集団の激しいぶつかり合いなんだ。血の違う敵同士が一方が勝つまで戦う。それにしても、哀れなアラン、俺達は簡単にノックアウトされちまったなあ……」

「あんたは笑える」アランは声を低めて言った。「あんたは、勿論、分かっちゃいない……いったい愛し合って無かったら?」

「お前の女房は、お前を愛してる」アルベールが言った。

「俺は、俺は女房を愛してない」奇妙な絶望を込めて、アランは言った。「俺が悪い訳じゃないよ。少なくとも、自分が愛してるからって、相手に愛を生ませることはできないんだ。恐ろしいのはそれさ。それで生まれるのは、幻か代用品だけだ」

「そうだ」オーギュスタンがそっと言った。思わず口をついたように。

「目を覚ますと、自分のベッドに一人の女が眠ってる。先ず、自問するんだ。〝こいつはここで何をしているんだ？〟何年も、俺はそう思った。何年もね」

「夜、自分の家に帰ると思うと、例えようの無い重圧を感じる」オーギュスタンは言った。

「女房から離れてないと、自由に息を吸えないんだ」

「そうだな」

「自分が残酷で、嘘つきで、意地が悪くて、偽善的だと思っても、何もできないんだ、何一つ。世界中で誰にもこんな話しはできないよ。恥ずかしくってね。だが、あんたなら、分かるはずだ。なんで俺がアリックスと結婚したか、あんたまるで知らなかったろ？　違うか？　俺には愛する女がいたんだ……名前なんかいいよね。彼女が死んだ。オーギュスタン、あんたはクレールと結婚していた。アリックスはあんた達と一緒に暮らしてたよね。俺はあいつにしょっちゅう会った。あいつは俺を愛した。俺はそれを知ってたよ。それで俺の中に、感謝の気持ちが目覚めたんだ。自分を愛させたがる女、そいつにゃ手強い力がある。いつも仰ぎ見てる顔、不安げな眼差し、ひたむきで熱烈な欲望……そいつが与えてくれる限りない可能性。それは愛に代わり得る、俺はそう思った」

「それは代わりになる」アルベールが言った。

「時には」オーギュスタンは呟いた。

「そうだ。でもそれにゃ、二人とも、失望して、諦めなきゃ。お利口に、大人しく。あんたと奥さんみたいに」

アランがオーギュスタンに振り向いて、いきなり言った。オーギュスタンはびくっとしたが、何も言わなかった。

「でも、片方は未だ愛し、未だ苦しんでるのに、もう片方は愛も苦しみも眺めるっきゃない、ああ！　そいつぁ地獄だよ！　俺は何年も、出て行くことしか考えなかった。夢見たのはあいつと別れることだけだ！　何年も何年も、分かるかい？　ただ、あいつ等を路頭に迷わせる訳にゃいかない。あいつ等には俺しかいない……あいつを幸せにできさえすりゃあ。だけど、俺が出て行きゃ、あいつは百倍も千倍も幸せになれるんだ。ああ！　もしあんたが俺を援けられたら、思い切って援けてくれたら。若い頃は一緒だったよな……それに、俺達の運命は似てる。あんたは俺に腹いせするつもりか？」

「アラン」顔を上げながら、オーギュスタンは言った。「お前、嘘を吐《つ》いたな、さっき……その女は死んじゃいない。お前、その女と一緒になるんだろ」

「そうさ、彼女は結婚してる。夫が彼女を連れて行くんだ。俺は、彼女と生きたい、生きなきゃならん。彼女といる時だけ、俺は幸せだった。俺は悔し紛れで、絶望してアリックスと結婚したんだ。それから、彼女と再会して、彼女は……八年この方、俺の女さ。ここにいなきゃならないとしたら、絶対、俺はアリックスを許せない。俺達の生活は地獄になっちまうよ。あんた達、俺の兄貴じゃないか。義務やモラルを超えて、俺を愛してくれなきゃ。そりゃ、俺の頼みが酷いし、狂ってるのは分かってるさ。何も非難できない女房を棄て、娘達を棄てるんだ！　でも、あいつ等が俺にとって他人だとしたら、俺に何ができる？　必死に愛そうとしたけど、愛せなかった。もう一人を……もう一人を、俺は愛しているんだ。彼女には俺の子どもがいる。俺の人生は、彼女と一緒なんだ。ようく考えてくれ……お願いだよ……金を少し、アルベール、それからオーギュスタン、あんたはクレールの非難を堪《こら》え、アリックスの涙を見てやってくれ。もし俺が残ったら、一体何が起きる？　女房にとっての、女にとっての、それに俺にとっての不幸さ。もし俺が犠牲になって、アリックスが幸せになるんなら、俺は譲って、受け容れるかもしれないよ。でも俺が残ったらどうなる？　夫婦喧嘩、酷い修羅場、あいつも、俺も、それに子ども達だってとばっちりで苦しむんだ」

「子ども達か」アルベールが言った。

「子ども達？　あんたが、それを言うのか、あんたが！　あいつら、あんたに何をくれた、あの子ども達が？　幸せのような、感謝のような、愛情のようなもんか？　あんたといて、あいつら、幸せか？　あいつらに自分が必要だと思ってるのか？　子ども達を幸せにするったって、あんた、ジャン－ノエルとジョセのために、本当にいい、本当に役立つ事を何かやってるか？　望んじゃいるだろ、そりゃあ、心から。だが、あいつらのために、あんた、何ができる？　忠告か？　あいつらは聞かん。経験か？　あいつら、そんなもんは馬鹿にしてる。友情か？　あいつら、突っ返すぜ。娘達に、俺はいらないんだよ。あの子達にゃ母親がいる。母親が好きだ。あいつに似てるんだ。八年間、心の中で、今夜限りにして欲しいって神に祈らず寝たことなんか、俺にゃ、絶対に無かった。娘達が大きくなるのを、俺は待ったよ。奇跡を願った。俺を自由にしてくれるアリックスの死まで、俺は願ったんだ。俺が八年も耐えたのは、ただ、もう一人……あの人が……フランスにいたからだ。パリじゃない。フランスに。彼女は時々俺に会いに来る、で、俺は一日二日逃げ出して、彼女と子どもに会う。あの子は他人の子どもになってる。でも、俺はあいつを愛してる……夜汽車に乗って、子どもにキスして、翌日帰って来るんだ」

「その人、ご主人と別れたがっていないの?」マリエットが小さな声で尋ねた。

「いや。金のせいでね。それに夫は彼女を愛している。子どもも愛してる。抜け出せないんだ」

「誰なの?」マリエットが尋ねた。

彼は答えなかった。兄達は一瞬、その女が誰か当てようとしたが、それぞれ夢想に任せ、何も言わなかった。

オーギュスタンは立ち上がり、閉じた扉までゆっくりと歩いた。ガラス越しに、隣の客間にいる女達をじっと眺めた。アランの言葉は、彼自身の人生を照らし出した。弟を思うと、はっきりした軽蔑、怒り、それにほとんど動物めいた奇妙な愛情が入り混じった。それが兄弟の絆だった。しかし、極稀な瞬間であれ、自分の家族、血縁以外の誰に、こんなことを感じるだろう。〝少なくとも、こいつに幸せになって欲しい……そりゃ、自分が幸せなほうがいいが、代わりに、せめてこいつぐらい……〟

彼はアランの方に戻り、呟いた。

「お前がしたがってることは、馬鹿げてるさ……だが、それがどうした! 少なくとも、お前にゃ、自分の気に入った生き方をして欲しい」

アルベールは大きな顔を心配そうに左右に振った。

「お前、後悔せんな？　俺達を絶対責めんな？」

「うん」アランは低い声で言った。

「それなら、お前の望みは何だ？」

アランは顔を上げた。微かな溜息が唇から洩れた。彼は尋ねた。

「ほんと？」

「お前が俺にしてくれって言うことを、しようじゃないか」アルベールが言った。

「俺が、アリックスに話をしよう」オーギュスタンが言った。

彼等は居住まいを正し、暗がりの中で、互いに身を寄せ合った。それぞれが、心を動かされ、思っていた。〝結局、人にはこれしか無いんだ……この人間の温もりしか〟

遅くなっていた。夜が更けた。マリエットは外の雨と、自分を待つベッドを思って身を震わせた。

彼女はそこで一人で寝る。寒々としたシーツの間で。

静けさの中でうとうとしながら、彼等は朝を待った。

それから、アランがソファーに身を投げに行った。長い体が、突然、ひ弱な子どものように見えた。

彼は囁いた。

「用があったら、呼んでくれ」

ほとんど直ぐに、彼は深い眠りに就いた。初めは溜息をつき、もぞもぞ体を動かして呻いたが、やがて安らかな眠りが、唇の皮肉で悲しげな歪みを消した。時々、誰かが目を覚まし、立ち上がって母のベッドにそうっと近づき、動かない顔を眺めた。夢を見て、黒い水の中でもがいている人に身を屈めるように。手を差し伸べることも、救いに行くこともできなかった。

明け方になって、婦人はようやく生気を取り戻したように見えた。

オーギュスタンが静かに言った。

「分からんが……よくなったように見えるね」

最初、婦人には彼が分からなかった。彼を押しのけ、言おうとした。〝子ども達……子ども達はどこ？　誰が面倒見てるの？〟婦人は看護婦が近づくのを見た。

「ご気分、よくなりましたか？　少しお元気に？」

老婦人の唇が動いた。だが、音は何も出て来なかった。しかし、婦人には聞こえていた。しばらくすると、様子が分かり、思い出した。お元気に？　命が甦り、渇きと、熱の臭気、暖かさ、布団の重さ、目に痛い光を感じた。婦人は辛そうに顔を背けた。

看護婦は彼女に手を触れてにっこりした。

「よくなりますわ」

アルベールが皆に加わった。彼等は医者を待った。母の顔から少しずつ、静かな表情が消え、痙攣が走った。けんか腰で訴えるような調子で、はっきりしない言葉を呟いた。頬は灰のようにくすんだままだったが、呼吸は軽くなり、一晩中部屋を満たしていたぜいぜい鳴る恐ろしい息も、ようやく静まった。

オーギュスタンは、そっと安心させるように、母の額に冷たい両手を当てた。老婦人の目に掛かるほつれた髪の毛を払いながら、小声で言った。

「どうです、お母様……お加減は良くなりましたか？」

婦人は彼に唇で微笑みかけた。だが、目は濁って不安そうで、翳りに満ちたままだった。聞き取れないくらい小さく呟いた。

「ええ……」

オーギュスタンはじっとしたままのアルベールに振り向いた。

「いいね……」

彼はそれしか言わなかった。兄弟は目を交し、同じしぐさをした。一口の冷たい水のように、ゆっくりと空気を飲み、さっと顔を背けた。終わった。夜が終わっていた。母は快方に向かっていた。至上の安らぎが、一瞬、彼等の胸を満たした。

それから直ぐに、彼等は疲れと寒さを感じた。オーギュスタンは神経質に伸びをして、あくびをした。灰色の光の中で、病室が侘しく雑然としているのを、反感を込めて眺めた。

看護婦が眠りに行った。彼等は順番に病人の額に口づけすると立ち去った。

オーギュスタンは自分が寝ておらず、腹が空いているのを思い出した。

アルベールは深い溜息を吐きながら言った。

「ああ！　大丈夫！　ああ、大丈夫だ。なんて夜だったんだ！」

「帰る？」

「ああ。死にそうだ。風呂とベッドだな」

「運のいい人だね、畜生！」オーギュスタンはちょっと無理して笑いながら言った。

アランは休んでいるように見えた。固いソファーの上で、毛布も掛けず眠っていた。顔は蒼ざめていたが、すべすべして穏やかだった。〝こいつぁ俺より若い、愛すべき阿呆め！〟オーギュスタンは思った。

「お母様も今は眠らなきゃ。皆、午後に戻って来よう」

彼等は一緒に階段を下りた。オーギュスタンは疲れでふらふらした。遠ざかるアランとアルベールに手を振って、タクシーに乗った。雨が降り、窓ガラスを下ろすときつい風が吹き込んだ。彼はレジャンスで車を停め、ブラックコーヒーを飲み、それから事務所に向かった。自宅に電話をかけた。クレールは帰っていたが、まだ寝ていた。彼は少しずつ、深い悲しみに襲われるのを感じた。自分の母を思い、熱く呟いた。〝たすかった！〟

だが、心は重かった。彼は思った。〝ほんの僅かな、嫌気や腹立ちや退屈。誰が、恥も嘘偽りも無く、そいつを調合できる？　最高に純粋で、最高に優しい愛だって、そんなもんでできてるんだ〟体が疲れ、内に不満を抱えたこの時、彼にとって、母の回復は、自分の心の弱い場所が一層もろくなり、一層痛む以外、何を意味しただろう？〝結局、何が嬉しいんだ？　奇麗な贈り物、命だ！　それで、何がおふくろを待ち受けてる？　アランのあの話しを我慢して……ああ！　思うに、あの人はお年寄り風に幸せなんだ、俺達が健康だって分かり、幸せだと思えれば、それでいいんだ。現に、あの人は俺達が幸せだと思ってる〟

一つの考えが閃いた。〝あの人はこのままじゃあいられない……あの年で、あの深刻な病状じゃ、後を引かん訳が無い。あの人は弱くなるだろう。ジョゼフィーヌと二人きりで暮らし続けるのは無理だ。マリエットが一緒に住めばいいんだ。それが一番いいぞ、一番賢明で経済的だし、それに二人も過ごし易いだろう。よし、こりゃあ完璧だ〟彼はほっとした思いで、心中メモした。〝今夜、皆に話すそう、全てうまく行くように、皆が幸せになるように、そしてなるべく長く、家族を思い出させることを丸ごと忘れていられるように。

昼、彼は自宅に戻った。クレールが二人の部屋で腰掛けて、髪を整えていた。彼女が差し出した頬に、彼は唇を触れた。

彼女はとても小さな声で言った。

「良くなったって、本当？　あんまり信じられない……私、とっても嬉しいけど！」

「何時に出たんだ？　今朝は」彼は尋ねた。

「四時ぐらいのはずよ……出る時、アランがソファーで寝てるのが見えたわ。あなたも、寝ていたみたい。お部屋には入りたくなかったの。お母様の家にいつ戻るの？」

「昼飯が済んだら直ぐにな」

二人はほとんど黙って、そそくさと食事をした。オーギュスタンは思った。〝この儚《はかな》い平和を利用しよう〟アランが出て行く、一体どんなドラマが、どんな騒動が持ち上がるんだ！　言わなきゃならんこと、言っちゃならんことは……奇妙だ、人はなんと意気地なく、結婚の仮初《かりそめ》の平和にしがみつくようになっちまうのか！　何をおいても！　女達の非難を聞かず、涙を見ずにすませるためなら何だって犠牲にできちまう！

〝俺は、人生で大層な望みは持たなかった〟

自分自身に奇妙な優しい哀れみを感じながら、彼は思った。〝と言うより、人並みに望んだが、ほとんど何も得られず、それで満足している。あの阿呆なアルベールには財産、アランにはロマンがある。で、俺には？　何があるんだ、この俺には？〟

彼はいきなり言った。

「もしアランが発ったら、アリックスはどうするかな？」

二人はあの完璧で静かな理解を込めて、お互いを見詰めた。それこそが、二人に残された唯一つの愛の記憶、名残かも知れなかった。

「彼、そうはしないでしょ」彼女は呟いた。「あなたが許さないでしょ？　私、そう思うわ」

彼は肩を竦めた。

「どうして俺が止められる？　もし、あいつがアルベールに持ちかけたら」

「アルベール？　あなた、お兄様のこと知ってるでしょ……ほろっときたら何でも許しちゃうでしょ。それで翌日、ご自分のイギリスかオーストラリアの株が三ポイントでも下がったら、全部あなたにのしかかるじゃないの！　思い出してよ、マリエットの離婚、裁判、あのいざこざ……あなたの兄弟は、いつだってあなたを犠牲にしたじゃないの」

〝こいつは正しい〟オーギュスタンは思った。

彼は答えぬまま、家を出た。母親の家に戻り、一時間程いた。医者は帰っていた。危険は全て遠ざかったように見えたが、回復には時間がかかりそうだった。

アランも、銀行が閉まるとやって来た。兄達と同じように、最初は元気に、暖かく話し始めたが、それから黙り込んだ。老婦人は嘆いた。

「あの医者、好きじゃないわ。二秒だけ聴診して、返っちゃった。聞きたいことがいっぱいあったのに。足が腫れているのよ。誰が見つけたの？　あの医者」

「知らないね。オーギュスタンかな……」

「ああ、それよりあの女房じゃない？　女房よ、多分」

彼はいい加減に答えた。母を見ながら、再会する女、別れる妻子を思った……

丁度この朝、彼は出発し、農園の一部を買い取る契約をしていた。兄達には敢えて言わなかったが、農園は情人の夫のものだった。ああ、なんて下劣な！　だが、彼にどうすることができたか？　八年越しだった。夫はアランが好きで、何も分からず、信頼していた。子どもを愛していた。夫はそんなふうに幸せだった。悔いも、苦しみも、嫉妬さえも、愛人、つまりアランの側にあった。

「戻らないの？」

「いや、お母様」

「夕食食べないの？」

「いや、お母様」

「でも、何があったの？」

「何も。腹が減ってない、それだけだよ……で、オーギュスタンとアルベールを待ってるんだ。あの人達、八時にはここに来るよ」

「じゃ、ジョゼフィーヌに食事を用意させましょう！」

「いいんだ、いいんだ、お母様」

「あなた、何を言ってるの？　私、何にも聞こえない。分からないのよ。体は大事にしなきゃ駄目よ。あなたはずっと体が弱かったから」

彼は、婦人に語らせておいた。ほとんど聞いていなかった。母のことを、ちゃんと考えられなかった。

〝心の底ってのは、なんて残酷なんだ！〟彼は絶望に襲われて思った。身を屈めて、母の頬に口付けした。婦人は不安に駆られて繰り返した。

「お願いよ。私を喜ばせると思って。食べなさい。ね、お食べなさい」

他に何を、婦人が言えただろう？　かつてはひたすら知恵と愛を表していた母の言葉に、今や何の効き目も無かった。唇に上るのは、〝食べなさい、寝なさい、泣かないで……〟だけ。

アランは黙っていた。指先の煙草を口に運んだが、病人の部屋で煙草を吸ってはいけないことを思い出し、手を下ろした。彼は待った。掛け時計の針が動くのを眺めた。兄達を待っていた。彼等は彼を援けると約束していた。分かってくれたようだった。

〝だが、あれは昨日の晩だ〟彼は悲痛に考えた。時間の枠を外れた、奇妙な晩だった。近づく死への恐れで、いつもより厳《おごそ》かになっていた。ところが今晩はありふれた夜だった。いつものように兄弟と妻達が、大好きな老母の側に集まり、母は元気で、回復していく。〝俺は二人を信じているが〟彼は悩ましく考えた。〝もしかしたら、あんまり早く、あんまり簡単に信じ過ぎてしまったのか？〟

農場の購入は、正に今朝、情人の夫の手で決まっていた。夫は、彼の言葉を信じて、彼のために十万フラン投入していた。一財産だ……もし兄達が支援を拒んだら、彼のせいで夫は破産するかも知れない。そうしたら、彼女は？　彼が愛した女……兄達はその女も今晩発つことを知らなかった。〝俺は発つ、俺は発つ、俺は発つ〟彼は心中、呪文のように繰り返した。兄達が約束を守ろうと守るまいと、俺は彼女と一緒に発つ……そして決して戻らない、決して二度と妻には会わない……会えない……もう会えない……俺はマルセイユまでエリザベスを追って行く。子どもにもう一度会える。船の出発まで一時間、俺は彼女と過ごす……それから彼女が発つのを待つ、夜まで待つ。彼女の温もり、彼女の匂いが部屋から消えるのを待つ。俺は夜まで、奇跡を待つ。それから……

彼は目を閉じた。後は簡単だった。ピストルの一撃、それとも、もっといいのは錠剤を水に溶かして。死ぬ前に、夢も見ず、安らかな眠りを味わう。長い間、ぐっすり眠っていなかった。いつも、寝ても覚めても、二人の女、アリックスともう一人の女の姿があった。深く、甘やかな永遠の眠りに就く……

彼が身動きすると、灰皿が落ちた。彼は震えながら周囲を見回した。俺のおふくろ！　こんなふうに別れるとは……だが、なんと！　これもまた、絶つ絆だった。たくさんの絶つ絆の一つ一つが、彼の心を痛烈に締め付けた！

扉の向こうで、兄達の声が聞こえ、彼は立ち上がった。

彼等が入って来た。アルベールが最初で、オーギュスタンとクレールが後だった。彼等は母にキスし、それからクレールが言った。

「お母様を疲れさせちゃいけないわね」

彼女は本を持って、一人客間に残った。昨日の晩のように、男達とマリエットはガラス窓の入った扉を注意深く閉め、食堂の安全な場所に身を落ち着けた。

「サビーヌは来ないの？」マリエットが尋ねた。

「いや、疲れて寝ているよ」

オーギュスタンは溜息を吐いた。

「どうしよう？　決断しなきゃ。おふくろにもう付き添い人はいらんだろ」

「いえ、とんでもないわ！」マリエットは、兄達を不安そうに見渡して言った。彼等が自分にその役割を望むことが分かっていた。

「おふくろのこと、分かるだろ。三日は猶予をもらったけど。大体ありゃ駄目だ、あの付添い人は」

オーギュスタンは苛立って言った。「誰が見つけてきたんだ？」

「俺だよ」アルベールが言った。

「パリには他に介添え人がいるだろう」アランが言った。

彼は窓辺で、カーテンの襞に隠れ、降る雨を眺めていた。

「そりゃ駄目だ。もう一度言うが、おふくろ、知ってるだろう。良くなったとたん、付添い人なんか追っ払うぞ。どんな人だって。六階で寝る女中とさえ、二人きりでいられないんだ。おふくろは年だ。弱ってる。ずっと前から、誰か子どもが一人、そばにいなきゃならなかったんだ。もっと突然の病気や発作を想像してみろ。何が分かる？　ただの風邪だって夏、俺達がいない時にこじらせたら。あの人は一人でいちゃいけないんだ」

「俺も同じ意見だ」アランが言った。

彼は暗がりの中でほとんど見えない母の顔を優しく眺めた。白い髪だけがランプの明かりに照らされていた。

「お前の意見？」オーギュストは呟いた。彼は思った。〝関係無いだろ、お前が、出て行くんなら……〟

彼はそっと肩を竦めた。

「まともに考えりゃ誰だってそう思うさ。だが、どうする？　俺はお前がいいと思うがな、マリエット？」

「駄目よ」マリエットは小さな声で言った。兄達を一人ずつ見回した。

「私には無理。ママが、心から好きよ。でも一緒には暮らせない。絶対にそう。介護の仕方も知らないし、それに……それに、結局、私にだって自分の暮らしがあるのよ。兄さん達にあるようにね。大したものは持ってないけど、一人でいられる自分の部屋だけはあるわ」

「自分の？」アルベールが言った。

彼女は返事をしなかった。最後に、静かに言った。

「あなたよ、アルベール、あなたなら、お母様を楽に引き受けられそうじゃない。お金持ちでしょ。お部屋だってあるでしょうが」

「俺が?」アルベールは苦々しげに言った。

確かに、俺は喜んで母を迎えられるだろう。だが、どうして俺、いつも俺なんだ? オーギュスタンだって、結局貧乏しちゃいない。ちゃんと暮らしを立ててるんだ。女房なんか、サビーヌよりいい身形《みなり》をしてる。少なくとも、自分が引き受けると申し出たっていいじゃないか。危ないことなんかあるまい! 俺、いつも俺なんだ……それで俺がやることは何だってうまくいかん……付添い人さえ、俺が選んだんで、奴等の気に入らん。俺の弟共は……がっかりさせやがる。

マリエットが泣き出した。

「おいおい」オーギュスタンが腹立たしげに言った。

「泣くなよ。女の涙ほど我慢ならんものは、この世にないぞ。意気地なしが!」

マリエットが囁き声で言った。

「もしかして、アランが出て行ったら、アリックスと子ども達がここに来て住めないの?」

「駄目だ」アランが言った。

「どうして?」

「おふくろとアリックスはうまくいかない」

「どうしてママが好きになれないのかしら?」マリエットが言った。

「二人とも不幸になっちまう。間違いなく。そいつぁ無理だ。どっちのことを考えても」

「細やかなこったな!」アルベールが呟いた。

「聞いてくれ」アランが静かに言った。「今は俺のことを考えてくれなきゃ。どうなの? 昨日言ったこと、昨日約束したことは……」

オーギュスタンが溜息を吐いた。

「ちょっと待て。おふくろの話しを終わらせなきゃ。そっちだって大事だろ、どうだ？」

「遅い、ひどく遅いよ」アランは小さく、聞き覚えの無い声で言った。

「俺は今夜発ちたいんだ」

兄達はあっけにとられて彼を見た。

「気でも狂ったか、アラン？」

彼は返事をしなかった。窓ガラスに顔を押し付けた。

「だが、そりゃ無理ってもんだ！」オーギュスタンは穏やかに言った。

「お前は……お前は俺達をなめてると思うぞ。そんなふうに出て行くなんて……永久に……じゃ、お前の女房は？　おふくろは？」

「そうだね。俺の女房、おふくろ、あんたが言うことは全部分かってる。でも、もう一人が俺を待ってる、絶望して……俺は今日、今晩、どうしても発たなきゃならないんだ」

彼は押し殺した声で繰り返した。

「あんた達、俺を援けるって約束してくれたじゃないか」

「聞けよ」オーギュスタンはうんざりしたように言った。「全てをはっきりさせるために、俺達がそれぞれお前のために何ができるか言おう。俺は、お前の奥さんに月々千フランあげよう。言っておくが、俺にはでかい金額だ。俺達がもうおふくろとマリエットを丸ごと面倒みてることは言うまい。女房から身ぐるみ剥ぐわけにもいかん。残りはアルベールに持ってもらいたい」

「そう来ると思ったぞ」アルベールは言った。「何で俺、いつも俺、俺一人なんだ？　そりゃ不当だぞ、結局。お前らは繰り返し言う、俺が金持ちで自分達は……だが、あの金は俺のもんじゃないんだ！　子ども達のもんだ。子ども達の生活を保証してやる貯えなんだ。俺にゃ娘がいる！　俺には。持参金を持たせて、将来を保証せにゃならん。俺はお前らが好きだ。アランがとても好きだ。母さんをとても愛してる。だが、子ども達を優先しなきゃならん。それが俺の義務なんだ。アランが自分の家族を認めないのは勝手さ！　俺はいつだってお前ら二人の犠牲になってきた。お前らは俺を馬鹿にし、ぐずで、不器用で、間抜けで、低能だと思ってた。だがどれだけ俺を利用するのに長けていたか！　おやじが死んだ時、俺はマリエットのために、遺産を放棄しなかったか？」

「俺もさ」オーギュスタンは言った。「ドゥメストル家じゃ、血の絆は充分高くついているみたいだ」

「女房だけの話じゃないんだ」アランが言った。

「俺は、……友人から金を借りて、農場の一部を買った。十万フラン払わなきゃならない……お望みの担保を何でもつけるから、その金を貸してくれなきゃ」

アルベールが叫んだ。

「十万フラン！　お前、夢でも見てるのか？　それも今晩、直ぐにだと？　お前は……おいおい、お前は笑わせてくれるぜ！」

「あんた達、約束したじゃ……」

「約束はした。守るつもりだぞ。お前の奥さんと娘達に月々一定の額は払おう。オーギュスタンと絶対に同じ額という条件でな。そいつぁ、誇りと信念の問題だ！　それ以外に、今、やれることは無い。お前は俺が一人じゃなく、女房がいることを忘れてるぞ！　金は女房のもんだ。女房に話し、了解をとらなきゃならん。あいつから奪わずに、お前に工面しなきゃならんのだ。女房は株を持ってるが、損して換金はできん。お前のためでも、お前を楽にするためでもな。もし俺を信じないなら、サビーヌに会いに行け、それで……」

「サビーヌさんに物乞いはしないよ！　俺が頼んでるのはあんただ、俺の兄貴だ、他人じゃないよ！」

「大声を上げるな。馬鹿か？」アルベールは憤然と言った。

オーギュストが手を差し伸べ、二人を制した。

「アラン、俺達にゃマリエットとおふくろの負担があるのを忘れるな。俺達がお前にやるもん、お前の女房に保証するもんは否応無く、それにのしかかるんだ。今だってえらくつましいのに。アラン？　聞いてないのか？　それでも、お前にゃ関係無いか？　全てを滅茶苦茶にして、全てを放り出して、全てを犠牲にしていいのか？　自分の気まぐれのために」

「俺が守るのは、俺の人生だ」声を押し殺し、アランは言った。

「かっこつけるな。お前は二十歳《はたち》のがきのままだ。もう二十歳じゃないんだ。失敗した人生だって受け容れなきゃならん年に、やることが取り返しのつかん年になってるんだ。アリックスといるのが不幸だと？　じゃあ俺は？　俺が幸せだと思うか？　この俺が。だが、俺は何も言わん。泣き言も言わず、人生に耐えてる。そうしちまったのは自分なんだ。お前だって、同じじゃあ……俺を見習え」

「神に誓って」アルベールが言った。

「お前を死か、悲惨か、恥辱から救うためなら、俺は持っている全てをお前にくれてやる。だがな、お前は俺達によこせと頼んでるんだ。お前も、お前の女房も、可哀想な娘達も、おふくろも不幸にするために……」

「俺達はお前を援けるつもりだ」オーギュスタンが小さな声で言った。

「だが、道理と良識が許す限りだ。現に、お前は問題を一つ忘れてる。俺の女房とアリックスは姉妹だ。大っぴらにお前の味方にはつけけん。こんなに辛い状況を解決できるのは、時間と忍耐だけだ」

「もう分かったよ」アランは苦い屈辱感を込めて呟いた。

彼は兄達の前で泣いていた。彼等に救いを求めていた。暗黙の内に、昔のように、彼等を信じていた。だが、全てはまるで無駄だった。こいつら、なんてあっと言う間に醒めちまったんだ！　二人とも、なんてがっちり自分の財産を守るんだ！　孤独は一層苦く、一層胸が詰まった。弱りきって、お手上げ……

「遅いね」彼は改めて言った。

「同意してくれるなら、そう言ってくれ。拒否するんなら、そう言ってくれ。でも、直ぐに、直ぐにだ。俺は待てない」

「俺達は拒否していない。これ以上はできないってことだ」

「分かった」アランは言った。

彼は立ち上がり、扉に向かった。オーギュスタンが通路を塞いだ。

「どこに行く?」

「帰るよ。どこに行かせたいんだい?」

「ああ!……よかろう! お休み」疲れ、苛立った声でオーギュスタンは言った。

「眠れるとはうらやましい。こっちは医者を待ってなきゃならん。おふくろに挨拶しないのか?」

「寝てるよ」アランはしゃがれた声で言った。「お休みなさい!」

彼は出て行った。しかし、母は目覚めて、押し殺した口論の響きを聞いていた。遠ざかるアランの足音が聞こえ、それから間近で、オーギュスタンの足音、アルベールの足音が聞こえた。二人はそうっと、彼女の部屋に入って来た。

「今晩は、お母様、何か必要なものは?」

「どうしたの? あなた達、何を話してたの? アランは何を欲しがったの?」

「何にも、お母様、まるで何にもですよ! まあ、ご心配無く」

「あなた、怒ったの? アルベール。あなたは? オーギュスタン」

「怒った? 何言ってるんです、お母様! 眠ってください、もう一度眠ってください。僕らは医者を待ってますから」

医者が到着し、完全に彼等に請合った。お母様は良くなった、治りますよ、と。二人とも立ち去ると、がさつなジョゼフィーヌが入って来た。

「奥様、今夜はよくなった? もう心配ないでしょ?」

彼女は返事をしなかった。目を閉じて、がらんとしたアパルトマンの静けさ、夜のためにブラックコーヒーを用意する付添い人のゆっくりした足音に耳を傾けた。一人きりの長い夜……病気の不安は感じなかった。自分が治ったことが、よく分かっていた。

友よ！

彼は束の間、一等客用の誰もいない待合室に入った。ストーブは点いていたが、寄せ木張りの床の薄板を通して、地面から寒風が吹き上がって来た。彼は表に出た。駅はとても小さく、剥き出しになった野原に囲まれていた。冷え切った十月のある日、まだ薄桃色の光が射したが、直ぐに消えた。実際、昨日の晩から、冬の気候が甦《よみがえ》っていた。庇のある待合所のベンチまで歩き、躊躇《ためら》って、腰掛けた。運転手のフロランの言うことを聞いて、街で泊まらなかったことが、今更ながら悔やまれた。ホテルもそれほど汚くなかったが……この誰もいないプラットホームで待ち、むさ苦しいローカル線に乗って夜までのろのろ行くのか……セストルの家に着くのは八時過ぎになるかもしれん。車が鉄塔に衝突して使えなくなっていた。もう運転するんじゃあなかった。疲れていたし、反射神経も鈍っていた。怪我も無く脱出できたのは奇跡だ。危険も死も、思う暇《いとま》が無かった。それから怖気づいたことが恥ずかしくなり、フロランに隠そうとえらく毅然と振る舞って、上辺はどうにか取り繕った。少なくとも、そうであって欲しかった！　今も、身震いがした……寒さのせいか。外気、風が恐ろしかった。痩せて、華奢《きゃしゃ》で、背中の曲がった男だった。黄ばんだ細面《ほそおもて》、栄養失調のような潤いの無い肌、銀髪、鼻は極端に長く尖っていた。いつも乾いている唇は千年の渇き、代々伝わった熱のせいで、干からびてしまったように見えた。

〝この鼻、この口、わしに残っているユダヤ特有の造作はそれだけだ〟

彼は猫の耳のように透き通って、薄く、震える耳にそっと手を当てた。寒さに、ことのほか敏感な耳だった。彼はコートの襟を一層きつく締めた。英国製の素晴らしいウールのダークコートは、厚手で暖かかった。だが、彼は身動きしなかった。この誰もいない駅のプラットホーム、黄昏の薄明かりの中で見わけ難い、線路に沿って仄《ほの》かに光る電灯、この孤独、この悲しみは、彼にとって、言いようの無い魅力を持っていた。彼は悲しみ、悔恨、人生の苦さを、深く、異様に一途《いちず》に味わう男だった。幸福を信じるには余りに明敏で、〝Self-conscious（自意識的）〟だと、自分で思っていた。彼はじりじりして時間を見た。やっと五時か……胸のシガレットケースに触り、直ぐに手を下ろした。煙草を吸い過ぎていた。動悸がしたし、不眠がちだった。溜息をついた。病気には滅多に罹《かか》らなかったが、苦痛に見事に反応する研ぎ澄まされた感覚は、体の動きの一つ一つ、血流の些細な不調を覗《うかが》っていた。病気は稀《まれ》でも、喉は痛みやすく、肝臓は虚弱だし、心臓はくたびれて、循環もおかしい。なんでだ？　彼は常に、節制し、用心深く、何事にも控えめだった。ああ！　青春時代でさえ、盲目的な忘れ得ぬ狂気の時代でさえ……彼は青春を惜しみはしなかった。とはいえ、楽な時代だった。あの頃は人生につきものの、当り前の悲しみを感じるだけだった。両親の死、恋や仕事の失意。十年前、妻の死が引き起こした苦しみとは比べ物にならなかった。悲しみがあんまり続くので、身近な者達が驚いていることを彼は知っていた。そして、実際、彼は愛も無くブランシュと結婚していたし、二人の結びつきは静かで熱の無いものだった。だが、彼は妻に忠実な種族だった。一軒の家、その温もり、ランプの光、内部と周囲の安定して平穏な感覚、それこそ、彼が求め、愛し、ブランシュを失うことによって、失ったものだった。他の女などいるはずも無かった。容易く愛の虜《とりこ》にはならなかったし、あまりにも煮えきらず、おどおどして、内気だった。〝臆病者〟自分でそう思った。皆が自分の人生、自分の幸せを盗もうと企んでいるかのように、生きてきた。恥じ入り、辱められ、永遠に怯えている兎の魂……一時間前、路上で、すんでのところで、彼にとってあらゆる不安は終止符を打っていたかも知れない。

〝車なんぞ何の値打ちも無いと、いつも言っていたじゃないか。それに食事が重かった。わしはげんなりしてうつらうつらしていた。神経も麻痺していた〟

正確に、何を食べていたのか？　雉《きじ》、きのこのオムレツ……あと何を？　ブリ産のチーズを少し……

〝わしには重過ぎる。卵も合わんし。ああ！　この年になりゃ出不精に！　わしは五十だぞ。一年で息がつけるのは、せいぜい一月《ひとつき》。それ以外は銀行、会社、クラブ〟

彼はまたしても思った。できることなら、直ぐにも仕事を放り出して、もっと田舎で暮らしたい。庭いじり、ゴルフ……ゴルフか？　きつい風が頬に吹きつけるような気がした。こんな日にゴルフ場で……そんなのは御免だ！　外で散歩するのも、スポーツも、乗馬も、車も、狩猟も、同じように嫌なことがよく分かっていた……自分の家でしか幸せでいられなかった。一人でいるか、子ども達と一緒に。屋根に守られ、人から逃れて。人間共が好きではなかった。社交を好まなかった。にも拘らず、彼はいつも至る所で歓迎され、友情、好意を持って迎えられた。青春時代は魅力的な女達に愛された。

なんでだ？　一体、なんでなんだ？　いつでも、自分が人に充分な愛情、充分な優しさを示せていないような気がした。ブランシュとの結婚当初、どれだけ彼女を悩ませたことか！

〝君は今、幸せなの？　心だけじゃなく、全身で？　僕は君を幸せにできているの？　完璧に？　誰よりも？〟

心は怯え、満たされなかった。そして何より奇妙なことに、世間の目には、彼がとても冷静で穏やかに見えたのだ。桁外れの美貌、栄光、もしくは天分さえあれば、自分自身満足し、この愛への渇きを癒せたかもしれない、と思うことがあった。だが、彼は飛び抜けた才能を持ち合わせてはいなかった。それでも、豊かで、人生は揺ぎ無く、幸せだった。幸せ？　しかし、絶対の安心無くして、どうして幸せになれるだろう？　そして今日、誰が安心していられるだろう？　世界はかくも不安定だ。明日には、彼も災厄、破産、貧困に見舞われるかもしれない。貧乏だったことは決して無かった。父親は裕福だったし、彼自身、金持ちだった。明日への必要や恐れをまるっきり知らずにきた。それでも、恐れ、ひどい不安が彼の中でいつでも生きていた。いつでも、いつでも、最も奇怪な、最も……グロテスクな形で。彼は真夜中、慄《おのの》いて目を覚ました。何かが起きる、起きた、自分が何もかも奪われ、人生がぐらつく舞台装置さながらがたがたと崩れ落ち、得体の知れぬ奈落を目《ま》の当たりにする恐怖に駆られて。

戦争が始まった時、彼は自分が待ち望んでいたのはこの時と思い、兵士になった。気真面目な兵士に。彼のやることが悉《ことごと》くそうであるように、几帳面に、我慢強く義務を果たした。何ヶ月かすると、後衛部隊に送り返された。心が弱かったのだ。戦後、暮らしは楽になり、仕事はとてもうまく行った。

だが、あの危惧、あの隠れた不安は絶えず彼の人生を脅かしていた。あの苦しみ。先ず健康を害し、それから子ども達だ。ああ！　子ども達。長女は結婚していた。あの娘《こ》は幸せだったのか？　彼には分からなかった。誰も、決して何も語ってくれなかった。それから恐慌、増え続ける税、難しくなった取引、おそらく破局は間近？　政治の不安定は……？　あれこれの独裁者の演説を聞くと、彼にも戦争は来月や来年ではなく、明日直《ただ》ちに、と思われた。しかし彼は金持ちのブルジョワ仲間のように、パニックを口にしようとしなかった。それにしても奇妙なのは、彼等が、口を揃えてひどい災厄を予言しながら、今でも健康そうで機嫌が良く、ぐっすり眠るし、食欲も旺盛なことだった。彼一人が内面的に憔悴し、大衆が言うように、身を苛《さいな》まれていた。他人の目には不幸が実体の無い幽霊か幻影に過ぎないのに、彼だけが、自分が不幸に見舞われるかもしれない、と思っているようだった。彼等は不幸をやたら口にするだけで、信じていなかった。彼一人だけが！　そして、周囲からは、〝クリスチャン・ラビノヴィッチ？　一番どっしりと落ち着いた男だ〟と言われていたのだ。

　時々、凍てつく風が吹きつけた。元々、セストル家の狩の集いに気が進まなかった。だが、しようがない……この目で息子のジャン－クロードとセストル家の娘を見てやらねば。彼は深い溜息をついた。本当の痛みや現実の傷を決して直ぐに認めないのが、彼の性格の特徴の一つだった。長い不眠状態の中で、仕事の心配があると、ずっと何時間も目覚めたまま、胸をどきどきさせながら、不愉快な出会いのあれこれ、憂鬱な旅を思い描いた。駅も港も客船も嫌だった。何処へも行かず、地上の同じ場所で生きて、死にたい。そしてとうとう朝になると、心の奥の見えない壁が決壊したように、災難の本物の波が溢れ、表面に浮かび出て、彼を圧迫した。かくて……今度は……全ては息子に端を発し、

息子に帰《き》していた。どれだけ彼を愛したことか！　二人の娘も愛した。長女は結婚し、母になってい
た。下の娘はまだ幼かった。だが、あの倅《せがれ》は……とはいえ、息子は彼に喜びより苦しみを多く与えた。
軽々しく、落ち着かず、満たされない、勉強は素晴らしいが、直ぐに投げだす。軽薄か？　そうでは
ない。満たされん、そう、満たされんのだ。今、彼は恋をしていた。セストル伯爵の娘と結婚したが
っていた。ああ、こいつは難しいぞ。あの種族は……
〝あいつは幸せになれん。わしには分かる。あいつは幸せになれんのだ〟
それに、何より、セストルは同意するか？　侮辱しはせんか、ジャン－クロードを、あるいはこの
わしを？　心は既に血を流していた。だが、結婚を妨げるためなら、わしはこの両手を切るかもしれ
ん！　二人は幸せになれまい、ジャン－クロードとあの娘は。二人は決して深く、本当には理解し合
えん。体は一緒にいても、魂はそれぞれ孤独で満たされぬまま。だが、わしに、このわしに何ができ
る？　自分の話を聞かないことは分かっていた。既に子ども達からは過去の存在、おいぼれと思われ
ていた。とっくに、老い易い男の種族になっていた。違うぞ、わしは年以上に成熟して生まれつき、
経験も積んでいるんだ。ああ、なんでジャン－クロードは結婚したがる？　あいつは幸せではなかっ
たのか？　この世には一瞬の安らぎさえ無いのか！
彼は時計を見た。こんなに考え、夢想に耽ったのに、やっと二十分経っただけ。悲しい秋、悲しい
夜だ……その時、彼は初めて隣に坐っている男を見た。同じベンチに、貧しげな身形《みなり》の、痩せて、ろ
くに髭を剃っていない、手の汚れた男がいた。男は子どもを見守っていた。子どもは線路に気を引か
れて、しょっちゅうそっちに進み出た。その子は擦り切れてみすぼらしい小さなコートを着て、ハン

チングを被り、頭の両側に、角のような形の大きな耳が見えた。短か過ぎる袖から手首と赤らんだ手がぶら下がっていた。子どもは活発に動き、ベンチに振り向いた。小さな顔を占領する黒く潤んだ大きな目は、一つの物から他に飛び移るようだった。子どもは一歩前に踏み出した。すると通路はがらんとしていたが、心配そうに見ていた男が跳び上がり、子どもを腕に抱えて戻り、胸にぎゅっと抱き締めて坐った。彼は上等な身形をした隣の男が、子どもを見下ろしているのを見たとたん、気弱そうに笑った。

「時間をお尋ねしてもよろしいでしょうか?」

彼は言葉を捻じ曲げるような、しゃがれて風変わりなアクセントで話した。

ラビノヴィッチは、無言で、二人の頭上の時計を指差した。

「ああ、そうですな! すいません……まだ五時二十分で? やれやれ! 汽車は六時三八分まで来ませんな。失礼ですが、あなたもパリの列車をお待ちで?」

「いや」

クリスチャンは立ち上がった。男がやにわに呟いた。

「旦那、もしよろしけりゃ……がきのせいなんですが。こいつ、病気になりやして。三等客の待合室は暖房が入っていないんで。わしらを、一等客の部屋に着いて行かせてくだせえまし。あなたと一緒に入っていきゃあ、待たせてくれるんで」

彼はほとんど猿を思わせる極端に素早い身振りを交えて話した。唇だけでなく、手も、顔の皺も、肩も動かした。子どもと同じように熱っぽく光る黒い目は、ある物から他に走っては方向を変え、不安げに、自分が見なかった物、決して見るはずの無い物を探しているようだった。

「お望みとあらば」ラビノヴィッチは、不快を抑えて言った。

「ああ！　ありがとうごぜえます、旦那、ありがとうごぜえます……来るんだ、イーチャ」男は片手に子どもを、もう一方の手にクリスチャンの身の回り品を掴んだ。困惑したクリスチャンは断わった。

「ああ、かまわんでください」

「いやいやいいんで、旦那。こんなことぐらいなんです？」

彼等は一等客用の待合室に入った。今、そこには三つ口のシャンデリアが燈され、うっすら青白い光を放っていた。クリスチャンはビロードの肘掛け椅子に腰掛け、男は恐る恐るベンチの端っこに坐った。ずっと膝の上に子どもを抱えていた。

静寂の中で、悲しげに震えるベルが小さく延々と鳴った。

「息子さんは病気で？」クリスチャンは、やっと気も無く尋ねた。

「こいつぁわしの孫でさ、旦那」男は子どもを見ながら言った。

「倅は旅立ったところでして。船まで送りに行きやしてね。イギリスのリヴァプールで暮らしますんで。仕事があるって話なんですが、落ち着くまで、このちびをわしに残したってわけで」

男は深々と溜息をついた。

「あいつぁドイツに住んでいたんで。それから四年の間、パリでわしと一緒にいられたんですがねえ。今度、また別々に……」

「イギリスだったら」クリスチャンは微笑んで言った。

「そんなに遠くはありませんな」

「わしらみてえな他所《よそ》もんにゃあ、旦那、イギリスもスペインもアメリカも同じこってさあ。旅費もかかりゃあ、パスポートもヴィザも労働許可証も要るって寸法で。こいつぁ長い別れになっちまいますよ」

男は黙った。だが、しゃべって苦しみが軽くなった様子で、すぐまたしゃべり始めた。

「このがきが病気だったのか、お尋ねでしたねえ？　ああ！　こいつぁ丈夫ですよ。でも簡単に風邪をひいちまうんで。で、何ヶ月も咳きが出やしてね。でも、こいつぁ強い。ラビノヴィッチ家のもんは皆強いんで……」

クリスチャンは身を動かした。

「お名前は何とおっしゃいます？」

「ラビノヴィッチでさ、旦那」

クリスチャンは思わず声を潜めて言った。

「私も同じ名で……」

「ああ！……*Kid* で？」男はゆっくりと言った。

彼はイディッシュ言葉*を何語か付け加えた。クリスチャンは我に返り、そっけなく呟いた。

＊ yiddish　中欧、東欧のユダヤ人集落で話されるユダヤ語とドイツ語の混成語。ヘブライ文字もしくはラテン文字で表記される。

「分かりませんな」

男はそっと肩を竦めた。不信と嘲り、しかし、ほとんど優しい愛情のこもった、真似のできない表情を浮かべて。こんなふうに思っているようだった。

〝こいつが威張りてえなら、威張らせとこう……ラビノヴィッチって名で、イディッシュ言葉が分からんたあ！〟

「お発ちとは？」

「ユダヤ人で？」彼はフランス語で繰り返した。「ずっと前にお発ちで？」

「ああ、そうですとも！　ロシアから？　クリミアから？　それともウクライナからで？」

「私はこっちの生まれですよ」

「ああ！　じゃあ、あんたのおやじさんが？」

「父はフランス人でした」

「それじゃあ、おやじさん以前だ。ラビノヴィッチは皆あっちから来るんで」

「そうかも知れませんな」クリスチャンは冷ややかに言った。

今、この男から自分の名前が発せられたのを聞いた時、束の間感じた心の昂ぶりは消えていた。苦い思いを味わっていた。この貧しいユダヤ人と自分の間に共通する何がある？

「あんた、イギリスをご存知で、旦那？　そうでしょうな、当然。じゃ、倅どもが住むリヴァプールって町は？」

「通ったことはありますな」

「気候はよろしいんで？」

「そう、いいですよ」

男は溜息をついた。長々しく抑揚のついた溜息は、嘆くようなおいおいおいおい……で終わった。膝の間で子どもを締め付けた。

クリスチャンは一段と興味深く、男を見詰めた。いくつになるんだろう？　四十と六十の間、言えるとしたらそれぐらいだ！　多分、自分と同じように、五十をいくつも超えてはいまい。薄い胸は、屈めた肩を前に引っ張る見えない重荷に圧迫され、凹んでしまったように見えた。時々不意に音がすると、縮こまってベンチに身を潜めたが、こんなにか細く痩せてはいても、消せない生命力を授かっているように見えた。風の中で灯された蝋燭のように。ランタンのガラスでどうにか守られている。炎がガラスを打ち、光は揺らめき、薄らぎ、消えそうになる。だが、風が和らぎ、炎はつましく、しぶとく、新たに輝く。

「ひどく心配ですよ」男はそっと言った。

「人は心配しながら人生を過ごすんで。わしにゃ七人の子がいましたが、五人は死にやした。皆丈夫な生まれつきでしたが、弱点がありやしてね。胸ですよ。二人は育てたんです。倅どもで。自分の両目みてえに二人をかわいがりました。あんた、子どもはおありで、旦那？　いるんで？　ああ！そりゃあ、あんたを見りゃ、自分と比べねえわけにゃいかねえ。ある意味、そいつぁ慰めってもんだ。あんたは金持ちだ。いい商売をしてるにちげえねえ。でも、子どもをお持ちだったら、わしのことが分かってくださる！　子どもにゃなんだってくれてやる。でも奴等は絶対満足しねえ。そいつがユダヤ気質ってもんです。下の倅は……十五でそいつが始まっちまった。

〝父さん、おいら、仕立て屋になんかなりたかねえ……父さん、おいら、勉強してえんだ〟

あの時代のロシアで、そいつが簡単だったと思いますか？

〝父さん、おいら、出て行きてえ〟

――おめえ、これ以上何が望みだ、この親不孝もんが？

――父さん、おいら、パレスチナに行きてえ。あそこだけだよ。ユダヤ人が尊厳を持って生きていけんなあ。あそこはユダヤ人の国だもん。

わしゃ言いやしたよ。

――ああ、サロモン、おめえは見上げたもんだ。おめえは勉強して親爺より学がある。行くがいい、だがな、こっちにゃ、ちゃんとした紳士の仕事があるじゃねえか。いつか、歯医者にだって商人にだってなれるんだぜ。あっちじゃ百姓みてえに地面を開墾するっきゃねえぞ。

こうも言いやしたよ。

――パレスチナっていやあな、おめえは海のにしんを全部獲って、そいつを母親の腹に返すことなんぞできめえ。もしそいつができる日がきたら、そん時こそ、パレスチナはユダヤ人の国って言えるんだ。そん時が来るまでは……でも、行くなら行け……おめえがそれが自分の幸せだって思うんならな。

結局、奴は出てっちまった。結婚もしました。

〝父さん、結婚式の費用送って……父さん、子どもが生まれる。お金送って……父さんお金送って、医者に払う、借金返す、大家に払う〟

ある日、奴は血を吐き始めたんです。仕事がきつすぎやしてね。それで死んじまいやしたよ。今残ってるのは兄貴の方、こいつの親爺ですよ。あっちも大人になるやならずで、わしから離れて行きやした。コンスタンチノープルに行って、それからドイツです。稼ぎ始めましたよ。写真屋でね。そんで、ヒトラーのご登場ときやがった！　わしゃロシアからずらかったんで。革命の時、ユダヤ人の幸運ってやつで！　人生で初めて小金を手に入れやしてね。わしゃ恐ろしかった。そんでロシアを出たんです。命あってのものだね、でさ。十五年間、パリに住んでます。ずっと続いたはずが……で、ここにきて、倅がイギリスってんだから！　神様がユダヤ人を放り出さねえなあ、いったいどこです？　神様、とにかく安心さえしてられりゃあ！　でも、決して、決して、安心ならねえ！　額に汗して、かてえパン、小さな部屋、頭に天井をやっと手に入れたって、一度《ひとたび》、戦争、革命、ポグロム、外にも何かありゃ、おさらばだ！

〝荷物をかき集めろ、急ぐんだ。他の街、他の国で暮らそう。新しい言葉を学ぶんだ。お前の年で、がっくりするこたあねえ。どうだ？〟

だめです。そうは言ったって、人はくたびれちまう。わしゃ何度も言ったもんです。

〝死にゃあ休める。それまで犬みてえに生きるんだ。その後で、休めるぜ〟ってね。とどの詰まり、神様が支配者ってわけですよ！

「あんたの仕事は？」

「わしの仕事ですか？　ちょっとづつ何でもやりますよ、当たり前でさ。今は、帽子屋で働いてます。労働許可証がある間は、ね？　そいつが取り上げられたら、またセールスをやりますよ。これを売って、あれを売って、毛皮の卸もカメラも、何でもござれだ。大して儲けねえから生きていけるんで。こっちに生まれたもんは幸せですよ。あんたを見たって、どんだけ金持ちになれることか！　で、多分ですがね、あんたのお祖父さんはオデッサか、ベルドイーチウから来たんですよ、このわしみたいに。貧しい男だったんだ……金持ちで幸せだったら故郷から離れやしねえ、そう思うでしょうが！　そう、貧しい男だった。で、あんただって……いつかそうならんたあ……」

男は何も言わずに聞いている子どもを優しく見た。子どもの顔には神経質な痙攣が走り、目が光っていた。

クリスチャンは気分を害して言った。

「私の汽車の音が聞こえるようですな」

男が直ぐに立ち上がった。

「そうですね、旦那。お手伝いさせてくだせえ。ポーターは呼ばんで。呼んだってしようがねえ！　いえいえ、いいんで旦那、何でもありゃしませんて！　来い、イーチャ。離れちゃいかんぞ！　こいつぁやんちゃでして！　通路を渡んなきゃいけませんな」

汽車が着く迄、十分あった。クリスチャンはプラットホームを静かに真っ直ぐに歩いた。男は鞄を手に持ち、後ろに着いて来た。どちらも口を利かなかった。だが、ガス燈の下を通りながら、クリスチャンとユダヤの男は、思わず、お互いを見た。そしてクリスチャンは、奇妙な痛みを感じながら、二人が最も良く理解し合えるのはこんなふうにしてだ、と思った。そう、こんなふうに……言葉を交えず、一瞥をくれ合い、それから、肩を動かし、唇を神経質に歪めて。やっと、汽車の音が響いた。

「安心して乗ってくだせえ、旦那。鞄はご心配無く。窓越しにお渡ししますんで」

鹿皮のカバーに収まったイギリス銃を持ち上げながら、ユダヤの男は言った。

クリスチャンは二十フラン硬貨をその手に滑り込ませた。男は恥じるように急いでそれをポケットに入れ、挨拶し、子どもの手を握った。クリスチャンは直ぐに身を翻し、空いている自分のコンパートメントに入った。溜息をつきながら、身の回りの物と銃を網棚に投げ込んで坐った。外はとっぷりと暗くなっていた。天井の小さなランプは明かりが足りず、読書はできなかった。汽車は今、暗い田園の中を走っていた。空は寒々として、ほとんど冬のようだった。セストルの家に着くのは八時近くになるだろう。彼は凍てつく駅のプラットホームで、子どもの手を握って立っていた、あの年老いたユダヤ人を思った。惨めな奴だ！　このわしが、あいつの血族だなんて、あり得ることか？　改めて、彼は思った。

〝あいつとわしの間に共通する何がある？　あのユダヤ人とわしは、セストルとその召使ぐらい似ておらん！　較べるのは無理、グロテスクだ！　大きな隔たり、深い溝があるんだ！　あいつは変わり者、消滅した時代の証人だ、だから気になる。そうだ、あいつが何故か、こんなに気になるのは、わしとかけ離れているから、まるっきりかけ離れているからだ……どんな接点もありはせん、何一つとして〟

彼は見えない話し相手を説得しようとするように、ぶつぶつと繰り返した。

「何一つ、どうだ？　何一つ……」

彼は、今、腹を立て、驚きを感じていた。確かに、自分とあの……あのラビノヴィッチに共通するものなど、あるものか。（彼は苛立ちのあまり、思わず体を動かした）

〃わしの教育、わしの教養からすれば、わしにはセストルのような男の方が近い。わしの習慣、趣味、人生は、東洋の行商人よりもっとあのユダヤ人とかけ離れている。三、四世代、過ぎているんだ。わしは別の人間。精神的にだけじゃあない。肉体的にもだ。わしの鼻、わしの口、そんなもんは何でもない。魂だけが大切なんだ！〃

自分では気づいていなかった。だが、思い耽りつつ、彼は汽車のリズムに合わせ、座席の上で、ゆっくりした変わったしぐさで前後にそっと体を揺すっていた。疲れたり、具合が悪い時、彼はいつもそんなふうに体を揺すった。彼より以前、幾世代にも渡って、ラビが聖なる書物に、両替商が金貨に、仕立て屋が仕事台に屈みながら体を揺すったように。

彼は目を上げ、鏡で自分を見た。溜息をつき、額にそっと手を触れた。一つの思いが閃いた。

〃わしの苦しみはこれだ……自分の体、自分の心で支払っているのはこれなんだ。何世紀もの悲惨、病、抑圧……弱くて疲れた無数の貧しい骨、わしの骨はそれでできているんだ〃

彼は突然、友人の誰彼が引退してゴルフや田園生活をしながら、理由も分からず死んだことを思い出した。豊かであっても、休息していても、彼等は寛げなかったのだ。古い不安の酵母が彼の血の中で発酵し、その血を毒していた。そう、少なくともこの瞬間、わしは追放、貧困、欠乏から解放されている。だが、その痕跡は消せずに残っているんだ。いや、そうじゃない、違うぞ！　そんな不名誉な、あり得んことだ……わしは、このわしは、フランスの豊かなブルジョワ、それ以外の何者でもない！　それなら、子ども達は？　ああ、子ども達は……

〝あいつらはわしよりも幸せになる〟彼は深く、痛切な希望を込めて思った。

〝あいつらは幸せになるんだ！〟

眠った田園を打つ、鈍い車輪の音が聞こえた。少しずつ、それが鎮まっていった。ようやく着いた。汽車はセストルの城に繋がるテクサンの小さな駅で停まった。運転手に電報を送らせ、到着を知らせてあった。三人の友人が来ていた。ルイ・ジェフロア、ロベール・ドゥ・セストル、それにジャン・シカール。三人が彼を取り巻いた。

「やあ、ようこそ！　それにしても恐ろしい！　お命を落とすところでしたな！」

彼は三人の間を歩き、笑みを浮かべて答えた。彼等は同じ言葉を話し、同じ着こなしをしていた。同じ習慣、同じ趣味を持ち合わせていた。三人に囲まれて、待っている車の方に進むにつれ、彼はより自信を持ち、より幸せな自分を感じた。あのユダヤ人との出会いが引き起こした悲痛な思いは消えていた。ただ、暖かい英国製の服を着ているのに寒さに震える体と、痛む神経だけが、古い遺産を覚えていた。

ロベール・ドゥ・セストルは深々と息を吸い込んだ。

「なんといい季節でしょう！」

「どうです」クリスチャン・ラビノヴィッチは言った。「どうです、少々、寒くはありませんかな？　まあ、爽やかですが……」

彼は凍えた耳をこっそり手で擦り、車に乗り込んだ。

ドンファンの妻

一九三八年八月二日

お嬢様、

年老いた家政婦がそうお呼びするのを、お嬢様、お許しくださいますよう。ご結婚されたことは存じていますし、ジャン－マリー坊ちゃまと妹さんがお生まれになった嬉しいお知らせも、フィガロで読みました。深い敬意を込めて、お嬢様を祝福させていただきます。赤ちゃん達も今は、二歳と四歳になられるはずですね。どんなに可愛らしいことでしょう！ お子様達が、ただお母様だけのものでいられる、一番素敵なお年頃ですね。

けれども、その方が十二の歳までご両親の家においていただいて、それ以来お目にかかっていない私にとって、その方は永遠にモニクお嬢様なのです。重ねてお詫び致しますが、勝手にそう呼ばせていただきます。

お嬢様、私はお手紙を書くことをずっと躊躇ってまいりました。お告げしなければならない事柄は、ご家族にとって非常に重大で、間違いなく、お目にかかってお話する方が良いと思います。でも、お嬢様はストラスブルグにお住いで、二人のお子様がいらっしゃいます。誰にとっても困難なこの時代、おそらくお忘れになった昔の女中に会うために、ストラスブルグからパリまでお出でいただけるとは思えません。たとえご両親について、極度に重大なお話があるとしても。結局、亡くなった方々は確かに亡くなってしまわれたのですし、もうお心に触れないかもしれない古い話を聞くために、長く、高くつく道のりをお願いする訳にはまいりません。その方は私がお咎めしないと思っておられてよいのです。人生は人生、誰しも、先ず生きねばならぬ自分の人生があるのですから。

こちらからお嬢様に会いに伺うことはできません。私は病院で療養中の身です。間違い無く不治と思われる悪性腫瘍の手術を、近く受けねばなりません。当初は酷く動揺しました。私は五十二歳になります。多少の蓄えがありました。故郷のランド地方、スープレスに小さな家があります。五十五歳まで働いて、それからは自分の家で静かに暮らそうとずっと思っていました。結局、他人の家で暮らすのは嫌なものです。特にもう若く無いとなれば。でも、事を計るは人、事を成すは天、とはよく言ったものです。

自分にとって余命は時間の問題ということがよく分かり、私は全てを書いておこうと決意しました。お嬢様はお望み通りになされればよい、これはご家族の問題で、私が関わることではありません。でも、私の気持ちに疚《やま》しいところは無く、死後の出来事を何も恐れてはいません。今、自分の家にある手紙について酷く気を揉んでいるようには。

お嬢様に何もかも充分に理解していただくために、私はこの手紙を残すでしょう。少しずつ書き続けて、今週中に書き終えるつもりです。過ぎたことを思い起こせば、何もかも語りたくなります。選ぶ他《ほか》ありません。とても難しいことです。でも、私の目の前に一週間あります。手術は来週の火曜日です。もっと早くできるのでしょうが、夏で病院の患者は多くありません。病院は日立てで高い社会保険を受け取るので、病人を長くおいておくと利益になります。それが病院のやることです。モニカお嬢様が根気強く、最後までこの手紙を読んでくださいますよう、私は願っております。

八月三日

お気の毒な旦那様の死の瞬間、お嬢様はあまりにも幼かったので、その方が何をご存知で何をご存知無いか、自分に問うてみるほどです。

私はまだ皆様がオシュ街にお住まいの頃、ご家族に入りました。モニクお嬢様は六つ、ロベール様は二つ、ルネ様はまだ歩いていらっしゃいませんでした。旦那様は素晴らしくお美しい方でした。お嬢様がきっとお持ちの肖像画からは、想像もつかないくらい。事件以降、お嬢様と弟様達はお三人とも奥様のご家族の中で育てられたのですから、その方は旦那様のお振る舞いについて、知り得る全てをご存知のことと思います。お嬢様のお祖母様、伯爵夫人は、お婿様に好意を抱いておられませんでした。ある意味で、理解できますね。母親として当然な嫉妬の念です。ああ！　モニクお嬢様、もし私が子どもを授かっていたら、子ども達の愛に嫉妬し、自分の娘を男が裏切ろうものなら殺しかねない程、その幸福を案じていたことでしょう！　お嬢様、私がオシュ街にいた頃、小間使い達は皆六ヶ月か七ヶ月いただけで、決してそれ以上残りませんでした。お嬢様、結婚して人生をお知りになった今なら、何故かお分かりになりますね？

私は、もう三十四歳になっていました。貧しい母が犠牲になってくれたおかげで、十四歳まで学校で教育を受けました。忘れてしまったこともたくさんありますが、母には今でもそれを決して感謝しきれないでしょう。私は何も知らない哀れな娘達とは違いました。ああした娘達は人の話を何でも信じ、人生が映画のようなものと信じてしまいます。私が目をやるとしたら、自分と同じ世界の男で、お金持ちではなかったでしょう。お金持ちが貧しい娘にくれてやれるのはキスくらいのもの。娘には、後で苦い涙の報いがあるのです。私はそんなのは御免でした。旦那様といる時も、いつも至って平静でしたが、あの方がどれだけ美しく、誘惑的か、思わぬ訳にはまいりませんでした。超然とした雰囲気、素晴らしい歯並び、きれいな唇の上の小さな口髭。あの方は豊かな心をお持ちでした。そしてモニクお嬢様、心豊かな殿方など滅多にいるものではございません。あの方は単なる浮気心や、ひけらかしで女達を愛されたのではありません。そうでは無く、その都度、大きな情熱をお持ちでした。すぐに飽きてしまわれます。でも初めは、メラメラと燃え上がるんです。とても若々しいお人柄のままでした。実際、とてもお若かったのです。奥様より二歳年下でした。

お嬢様はあの方と奥様が一緒に育てられた本いとこで、財産は全て奥様の側にあったことを、きっとご存知ですね。それが無ければ、あの方は決して誰とも結婚されなかったでしょうし、奥様を娶《めと》られることも無かったでしょう。奥様はお気の毒ですが、全くお奇麗ではありませんでした。恐ろしい事件以降死に至るまで、ご病気がちで、ほとんどの時間、スイスにいらっしゃったことは存じています。お母様が以前どんなでいらっしゃったか、お嬢様はたぶん思い出せないのでは？　お顔が人並み外れて醜かったわけではありません。美しい目さえ、お持ちでした。ただ、背が高過ぎ、痩せ過ぎたお体には優美さが無く、腕も足も悩ましいものがありました。かかとの低い靴を履いて、男のように大股で歩かれました。あの方は自信も、柔軟性もお持ち合わせになりませんでした。如才無くもなければ、愛嬌もありませんでした。伯爵夫人はいいお年をされたあの方を、小娘のように叱り、醜く無《ぶ》様《ざま》だとおっしゃいました。娘時分も、奥様を酷く苦しめたに違いありません。若い頃お奇麗だった伯爵夫人は、ご自分のご令嬢が自分にちっとも似ていないのを見るのが不愉快で、ご自分のために気に病んでいらっしゃいました。本当に、モニクお嬢様、女が幸せになるためには、美しくなくてはならないのですね。奥様はご自分がまるでお奇麗でないことをご存知で、お気の毒にそのため絶望されていました。でも、あの方は一方ではとても知的で、人生では一つの流儀を持たねばならず、ご自分の流儀は小娘、人形のそれではあり得ないことを充分に心得ていらっしゃいました。とても生真面目でとても教養深く、音楽もたくさん奏でられました。社交界でも、それより常に手厳しいご家族でも、誰からも一目置かれていました。人々は言いました。〝あの人は聖女だ〟、旦那様の無軌道を、古代の女達のように耐え忍んでいる。今なら即離婚というところでもこんな風さ。

〝私は私の道を行きます、あなたはあなたの道を。子ども達は可哀想だけれど！〟

奥様、あの方は何も見ないふりをしている、とても賢明だ。なにしろあの方はご主人を愛しているんだから、と人々は言いました。一人として、その愛を疑いませんでした。女達は皆旦那様を追いかけました。棄てられると一層狂いました。女とはどんなものか、お嬢様はご存知でしょうか？　あんなに美しく、愛される夫に惚れ込むのは至極当然、と人々は言いました。あの方は奥様に対して紳士的でした。浮気をして苦しめましたが、それは了解済みのことでした。けれども、それ以外では、とても礼儀正しく、丁重でした。〝ああ、そうか。君の望み通りにしたまえ、ニコル、君はもっともだよ、ニコル〟少なくとも人前では、決してこんな言い方しかなさいませんでした。そして、私はあの方がお嬢様や弟様達にこう言われるのを何度と無く耳にしました。〝君たち、ママをしっかり愛するんだぞ。君たちには世界一のママがいるんだ。何でもあの人の言うことを聞いて、喜ばせてあげなきゃいけない〟美しい目が、自分のおっしゃることをからかうように光りました。でも、私はあの眼差しは、意図されたものではなく、優しくいきいきとした、生来のものだったと思います。そしておっしゃることは、心の底から出ていました。あの方はご自分の奥様を大いに敬っていらっしゃいました。お子様達にも意地悪だったとは申せません。あまりお構いになりませんでしたが、病気になると、とても心配そうな御様子でした。お子様達を遊ばせる術《すべ》も、語りかける術もご存知ありませんでした。キス、家で昼食を摂られる時、コーヒーに浸す一かけらのお砂糖、あの方にそれ以上望んではいけませんでした。本当を申しますと、お子様達が苦手でした。言っても詮無いことですが、子ども達を愛する殿方は稀なのです。母親にとっては自分の肉であり、血であっても、あの方々は……

奥様については、あの方はお子様達のためだけに生きている、後々、お子様達は聖女のようにあの方を崇《あが》めるに違い無い、と言われていました。でもあの方は他の人達に対するように、お子様達に対しても冷たく、勿体ぶっていらっしゃいました。あの方が悪い訳ではありません。あの方は小心で、嘲笑されるのを恐れていらっしゃったのです。でも、貴女にとてもお幸せな幼少時代は無かった、とは言えるでしょう。まるで幼いレディのように情愛深く、思慮豊かだったお嬢様を私が好きなのは、そのためかも知れませんね。

八月五日

お嬢様、私は昨日、書きませんでした。とても疲れてしまったためと、特に、お嬢様にとって、非常に辛い時期にさしかかったからです。その方を、苦しめてしまうことを、私は恐れています。でも、お嬢様に、出来事を充分理解していただくために、お話ししない訳にはまいりません。もし悲しませてしまったなら、心の底からお許しを乞いたいと思います。この秋で、丁度十二年になります。ドゥベール男爵夫人との情事が発端でした。私はこの夏、フィガロで夫人の二十歳になった息子さんが飛行機事故で亡くなった記事を読みました。若い頃知っていた方々の消息を見るために、私はフィガロの〝社交界情報〟と〝奉公人広告〟を読みます。人々の人生を追ってみるのは、ある意味、楽しいものです。それにしてもモニクお嬢様、人生はなんと短いのでしょう！　私が知っていた調理場の小娘が、小間使いの娘と一緒に、料理人・菓子造りの働き口を探しているのを読むと恐ろしくなります。道がどんなに短いか、思い知らされます。若い頃はそんなこと、考えもしませんけれど。確かに、それでいいんですね！

男爵夫人にとって、二十歳にもなったご子息を失うとは、信じられないことでしょう。あの方が改めて目に浮かぶようです！　装いを知る女性でした！　男爵夫人がお屋敷にディナーにお見えになった晩を覚えています。給仕長を手伝ってカクテルを運びながら、その方をしっかり見ました。旦那様と男爵夫人は、前の年の春からのお仲とお聞きしていました。旦那様にとって、そんなに長く続いたためしはありません。ですから、私はお二人をとくと拝見しました。ああ、なんと美しい女性だったことでしょう！　正面は襟が高くて慎ましく、背中がむき出しになった赤い衣装をお召しでした。ビアリッツから戻られたばかりで、素肌は金色に輝いていました。前を閉じ、後ろを露《あらわ》にしたドレスは、今では普通で印象も薄れてしまいました。でもその時、社交界の方々は初めて目にされたのです。そしてモニクお嬢様、殿方達の目ときたら！　今でも彷彿《ほうふつ》と致します。殿方とは野獣のようなもの。そう、申し上げなければなりません。

お二人が互いに真剣、と思う人はいませんでした。上流社会では――どれだけそれを見たことでしょう――色恋沙汰は真実の思いを明かすより、むしろ世間に見せびらかす役割を果します。ちょっとしたお楽しみ、美しいドレス、奇麗な下着、あちらこちらで交わされる自己愛と嫉妬のちくりとした言葉、そしてお別れ、また他の人。けれども、旦那様とお友達にとっては、真実の愛、と思わぬ訳にはまいりません。それは盗人のように訪れます。名前すら知らぬまま、心を奪われてしまうのです。女なら数多《あまた》いらっしゃった旦那様にして、これは初めてのこと、とお見受けしました。いつもは陽気で皮肉っぽいあの方が、この時は塞《ふさ》ぎがちで、悲しげになられました。女性の方は、あの方を貪《むさぼ》るように見詰めていらっしゃいました。離婚になるかもしれないと、私達は仲間内で話し始めました。

離婚、お二人ともほとんど直ぐにそれを望まれたことは確かです。しかし奥様の側にある全財産が、旦那様を引き止めました。多分、お子様達も。私はお嬢様に、お気の毒なご両親のことを、悪く思っていただきたくありません。弟様達共々、ご自分がこの結びつきの中で忘れられていたとも、思っていただきたくありません。私はその方に繰り返し申し上げます。旦那様は確かに悪い方ではありませんでした。お子様達故に、しかし、しっかり言っておかねばなりませんが、主として金銭故に、あの方は離婚を恐れたのだと、私は思います。旦那様がお金がお好きだった、と言うのではありません。それには余りにお育ちが良すぎました。けれどもご結婚以来、あの方は決してお金に不自由されなかったのです。そして、人は習慣の奴隷です。結局、理由はどうあれ、そして、お嬢様には悲しく、ご両親と幼少時代に苦い思いを抱かれても、ご両親がお二人とも亡くなったという事実をよくよく考えなければなりません。神様は、お二人を裁かれたのです。唯一、私達を裁く権利をお持ちの神様が。実際、私達に人を裁くこと、特に自分にとって聖なる存在に違い無い親を裁くことはできません。今はお母様になられたお嬢様も、確かにそう思われるのがお身のためです。

モニクお嬢様、使用人の前で、当然人は自分を隠します。でもそれは無理なのです。お布団を整えに行く時に聞こえる一つの言葉、枕の下の涙が滲むハンカチ、上着についた白粉の痕、それ以上は要りません。ご主人方が、スパイをしているとか、探っているとかお思いでも……お嬢様、はっきり申し上げて、ご主人方の情事に私達は興味を持ちません。何も見ない方がましと思う程、嫌なこともいっぱいあります。けれども、それがあまりにも明らかだったら？　機械で無い限り、パンをいただいている家の人々に関心は持ちます。お嬢様にご安心いただけるのは、そのためです。私が申し上げる全て、申し上げた全ては、誓って、神様の御前《みまえ》にあるが如く、真実なのです。

八月六日

モニクお嬢様、十二年前の十一月二日、その日を、私は決して忘れないでしょう。本当に憂鬱な季節でした。雨というより、煙るような細かい霧が降ります。私はこの季節を好みません。悲しくなりますし、あの日以来、もう耐えることができません。九月から、例年通り、ご家族は狩猟のために、田舎の奥様のご両親のご在所にいらっしゃいました。至る所で大きな火が焚かれていました。シーズンもお終いです。お客様方がお帰りになります。私達は二週間後にパリに戻ることになっていました。でも、男爵夫人は当然ずうっとそこにいらっしゃいました。

始まりは朝のことです。旦那様とお友達は、誰も決して行かない一隅にある庭園で、またお会いになっていました。事件が全て終わった後、お屋敷は売られてしまいましたから、お嬢様も弟様達も、よく覚えていらっしゃらないに違いありません。お三人とも水疱瘡に罹って、離れた場所に寝かされていました。お子様達に事件が直ぐに分からなかったので、ある意味幸いでした。少しずつ少しずつ、ゆっくりお話できました。汚れなくいたいけなお子様達に気を使うのは、皆の務めですから！　悲しいですね。お子様達がいらっしゃる時に、こんな悲劇が。

さて、庭師の助手が、旦那様と男爵夫人が庭園の打ち棄てられた場所を通るのを見た、と私に言いました。お二人は寄り添って歩き、とても小さな声でお話しされていました。愛の語らいにしては、余りにも深刻なご様子でした。確かに、離婚とお金の話だったに違いありません。男爵夫人はお金持ちではありませんでした。彼女のご家庭では、お屋敷とは反対に、財産はご主人の手中にありました。それでも、彼女は旦那様に着いて行こうとしていました。旦那様に夢中だったことが、よく分かるお話です。実際、社交界の女性として、彼女はあの方のために、大きな犠牲を払おうとしていました。

昼食を摂ります。食事が終わると奥様は旦那様を追って、おっしゃいました。——もう食器を下げる給仕長しかいなかったので、私は彼を通して全てを知ったのですが。

「お話があるの、アンリ」

「時間が無いんだ。すまんが、ニコル」旦那様はおっしゃいました。

「でも、とっても大事なことなのよ」ご主人を引き止めて、奥様はおっしゃいました。

男爵夫人や他のお客様方が出て行かれたばかりの戸口にずっと目をやりながら、やっとあの方は答えました。

「今晩にしよう、ニコル、今晩は間違いなく」

奥様は懇願されました。旦那様はおっしゃいました。車を呼んであるし、急いでいる、城から十八キロのブランに用事がある、と。

「私も一緒に行くわ」奥様はおっしゃいました。

奥様は二階に上がられました。誰の目にも動顛《どうてん》されているご様子でした。給仕長はその時、あの方はきっと朝のお散歩を見てしまったんだ、お苦しみはそのためだ、と言いました。私は、私は何も言いませんでした。

奥様は二階のご自分のお部屋からベルを鳴らし、私にコートを言いつけられました。私はビクーニャのいいコートをお持ちしました。雨が降り続き、とても暗くなっていました。私は身繕いをお手伝いしました。あの方は紫のフエルトの帽子を頭に乗せました。今でも目に浮かびます。鏡の前で、あの方はあんまり強く震えて、帽子を被ることができなかったのです。

あの方は化粧台の引き出しから何かを取り出して、出て行かれました。私に、ある考えが浮かびました。お城の旦那様の事務室にいつもあったピストルがまだそこにあるか、見に行きました。ありません！　心臓が止まったような気がしました。私は女中部屋に降りました。使用人達が食卓に着いたところでした。お客様の使用人も含めると、全部で十六人いました。私が死人のように蒼ざめている、と言う者がいます。私は何も答えず、無理やり食事をします。後になって、私は自分を激しく責めました。車は未だ出発していなかったのです。旦那様にお知らせできたでしょうに、私はどうすればいいか分かりませんでした。もしお城の人間しかいなかったら、私は自分が見た気でいたことを話し、助言を求めていたでしょう。でも食卓には男爵夫人の小間使いと、見ず知らずの四人の運転手がいました。ご家庭のことは神聖です。これはご家庭の名誉に関わり、話すには余程慎重でなくてはなりません。結局、もし私のやり方が悪く、あるいは愚かだったとしても、悪気は無かったのです。神様が人の心、とりわけ悲しいかな、私が辿り着いてしまった最後の日々の心の内をお読みになれば、それをお分かりくださいます。

そこで私は食べるふりをしました。運転手のオーギュストが車を出し、旦那様と奥様は発たれました。

その後起こったことの全ては、運転手、オーギュストの言葉です。こんな悲劇が！　人々は何度もそれを語り、語り直しました。でも、車が出発した瞬間、私は震えたのです。空気の中に災厄を感じました。多くのご家族、お屋敷の中で過ごせば、それぞれに物語が、悲しみが、秘密があります。でもモニクお嬢様、そのお家が幸せか、不幸せかは確かに察しがつくものなのです。私は一人の給仕長を知っていました。彼は酒飲みで、だからこそあんなに繊細だったのかも知れませんが、ある場所で災厄を感じると、言うのです――ああ！　俺はここには残れない！　私の知る限り、少なくとも二回、彼の推測は正確でした。一度は破産、もう一度は盗難で、どちらも使用人にはとても不愉快な事柄です。

八月七日

私がどれだけ不安だったか、その証拠に、私はお嬢様を見に二階に上がりました。もしかして、お嬢様は覚えておいででしょうか？　もうその方は十二歳になっていらっしゃいました。その時間になると、私はお屋敷で何もやる事がありません。自分の仕事では無かったのですが、でも、お子様達があんまりお可哀想で、お会いしたくなったのです。特にいつでも弟様達より好きだったモニクお嬢様に。私は女の子の方が可愛らしくて好きです。お嬢様はご本と、切り抜きの絵と、小さなレディのように編み物を置いて、ベッドに坐っていらっしゃいました。とてもちゃんと、とてもお上手に編まれましたよ！　その方に編み物の手ほどきをしたのは私でした。そしてお嬢様は私の幼い姪のために、胴着を編んでくださったんです。モニクお嬢様は、いつでも優しい心をお持ちでした。

五分ほどご一緒にいると、車が帰って来た音がしました。それからドアがばたんと音を立て、それから何も聞こえなくなったのです！

私は思いました。〝マリア様！　起きてしまいました！〟そして、悲しくも、その通りだったのです。全ては、終わっていました。

出来事は、オウギュストによれば、この通りです。彼は庭園から出発して、ブランに向かいました。会話の始まりについては、彼は何も言えませんでした。突然、車の中で話し声が激しくなり、オウギュストは聞いたのです。

「お願い、お願いよ」奥様が言いました。

「だめだね」旦那様は言いました。そして笑い出したのです。でも、一人でふっと、まるで何かを面白がるように、とオウギュストは言いました。その笑い、それが奥様を狂わせたようでした。あの方は大きな叫び声を上げ、ほとんどすぐさま、オウギュストはピストルの一撃を聞いたのです。彼は自分の耳が信じられませんでした。ピストルは結局、小さくばんと音をたてただけでした。何の音か、タイヤが破裂したのかと思ったそうですが、でもミラーの中に、血を吐いて後ろに倒れた旦那様が見えたのです。お気の毒な旦那様、あの方は最後に笑ったのです。

オウギュストが車を停め、ドアを開けて旦那様を腕に抱え、道路の脇に横たえた時、もうあの方は息絶えていました。それからオウギュストは奥様の所に戻りました。あの方は身動きしていませんでした。ピストルを握ったまま。あの方は彼にしがみつきました。彼は力づくであの方を振りほどかなければなりませんでした。あの方は何もおっしゃいませんでした。気の毒に、オウギュストは途方に暮れてしまいました。ご家族の誰かが通るのを期待して優に五分待っていましたが、誰も来ず、雨も降っています。旦那様が亡くなられたのは明らかです。そこでとうとうオウギュストは死体をもう一度抱えて車の中、奥様の隣に運び込みました。そしてお城に戻ったのです。その間中、奥様は旦那様に一瞥もくれなかった、と彼は言っています。カーブで死体が生きているように傾き、床に滑り落ちました。でも、奥様は引き上げようとなさいませんでした。階段の前に車が停まった時、旦那様は半ば席から落ちて顔は床を向き、音も無く流れる血が——口から細い糸を引いて——辺りを汚していました。オウギュストはそれを見て気分が悪くなりましたが、奥様は終始無反応で、視線を据え、頭を真っ直ぐ擡《もた》げていらっしゃいました。

そして、お嬢様、誰もが知り、その頃の新聞がこぞって書きたてたのはこんな事です。父親が死に、母親が投獄され、三人を孤児にしたとも言える恐ろしい悲劇。裁判、その他、それに続くおいたわしい夫人の三十八歳の死。

〝彼女はどうなる？〟との問いかけには、当然こんな答えが返ってきました。

〝無罪放免さ。これは情痴事件だ。疑い無く無罪放免になるよ。あの資産、あのコネで〟

確かに、殺人に言い訳があるなら、一見して、この場合こそ正に当てはまります。

子ども達のために、夫の裏切りを黙って十三年も耐え忍んできた完璧な妻、申し分の無い母。そしてある日、一人の女が夫の愛を奪うだけでは満足せず、子ども達の父親を奪い去ろうとした……ああ！　モニクお嬢様、いたいけな幼いモニクお嬢様、あなた方三人ほど人の口に上ったためしはありません！　全ての新聞にあなた方の写真が載りました。それに、あなた方を腕に抱いた奥様、獄中で〝可哀そうな子ども達〟に涙する奥様の写真も。そして遂に裁判の日、弁護士は最早愛していない家族を夫が棄てるつもりだと思って奥様が半狂乱になっていたこと、全てを耐え忍んだ後、この最後の仕打ちは我慢できなかったことを白日の下で明らかにしたのです！　高名な弁護士でした。ご家族は一切費用を惜しまれませんでした。高額とお聞きしましたが、正当な報酬でした。裁判の最中、誰もが泣いていました。奥様からご主人を横取りしようと躍起になっていた女達でさえ涙にくれ、あの方は殉教者だと言ったのです。

今、そうした一切を思い起こすと、忘れたと思っていたたくさんの記憶が甦《よみがえ》ります。モニクお嬢様にも、思い出していただかない訳にはまいりません。悲しい思い出、それとても、打ち棄ててはおけないのです。たとえそれが可能であっても。私のように年老い、病気で働けなくなれば、明日のことを考えるのは悲し過ぎます。ならば、マリア様、もし思い出すことが何も無かったら、何をすればいいのでしょう？　とても面白いことがあります。学校で幼友達と遊んだこと、貧しい母が元旦にくれたオレンジ、そういう楽しい思い出は泣きたくなります。一方で、凄く大事に思えたこと——私に言い寄ったくせに私が二十歳《はたち》になった時、他の女と結婚してしまった青年、あの頃の酷い苦しみを思うと、むしろ微笑ましくなるのです。涙を流す苦しみに値する男が、この世に一人だけと思うなんて。ですから、私が書くことが、今、お嬢様を悲しませても、いつかはお悲しみも軽くなるでしょう。その点、年老いた家政婦をお信じくださいますよう！

悲劇から一週間経ちました。水疱瘡はすっかりお治りでした。でもお嬢様はお疲れでしたので七時にはお床につかせ、夕食はお盆で運びました。ある晩のことです。子ども部屋の扉の側を通ると、泣き声が聞こえるような気がしました。私はそっと扉を開けました。お嬢様は私が入るのを、ご覧になりませんでした。横向きに横たわり、壁にぴったり身を寄せていらっしゃいました。寒そうな哀れな小鳥のように！　その方は泣いていました。ああ、お嬢様、その方は泣きながら声をたてるのを恐れていらっしゃったのです。嗚咽を懸命に堪《こら》えていらっしゃいました。でもお子様は黙って泣くことができないんですね。後になって学ぶのです。

私はお部屋に入って、できるだけ優しく申し上げました。

「どうして泣いていらっしゃるんです？　モニクお嬢様」

起きてしまったことについて、お子様達は何もお知りになれませんでした。全て、隠されていました、旦那様の死すらも。まだ外出されませんでしたから、喪服を召さなくて当たり前です。時間なら充分ありそうです。ご夫妻はご旅行中ということになっていました。いとも簡単でした。奥様は当然入獄中ですし、旦那様のご遺体はパリに運ばれて二日前に埋葬されていましたから。お子様達がお三人共、衣類とおもちゃがあり、イギリス人にしては優しい乳母と暮らしていらっしゃったお屋敷の一部には、何も、一言も届くはずが無かった、と私は思っています。ところが、全てをお察しだと、その晩、私にはよく分かったのです。

お嬢様は終始ご返事をされませんでした。泣き止もうと懸命に努力されましたが、無駄でした。私はもっとお側に寄り、とても優しく言いました。

「お具合が悪くって？　モニクお嬢様。いっぱいお砂糖を入れたお茶をお飲みになりますか？」

お嬢様はとても悲しそうに私をご覧になって〝いえいえ〟と頭を振られました。

私はもう一度お聞きしました。

「どうなさいました？　モニクお嬢様。あなたのことが大好きな年取ったクレマンスにお話しになって」

するといつもとても大人しく、とても礼儀正しいお嬢様はおっしゃいました。

「いいえ、大丈夫。何でも無いわ、クレマンス」

私はベッドを整えてお寝かせし、お一人にしないようにちょっとぐずぐずしていました。お嬢様は私を目で追われましたが、何かお尋ねになるには、確かにプライドが高過ぎました。私は申し上げました。

「ミスが戻ってくるまでご一緒にいましょうか？」（彼女は夕食に行っていました）お嬢様はにこりともせずにまた私をご覧になりましたが、お顔が輝いたようで、とても小声でおっしゃいました。

「ああ、そうね。ありがとう、あなたは親切ね、あなたって……」

そこで私は手をお取りして、ベッドの側の小さな椅子に腰掛けました。私はモニクお嬢様に笑っていただこうと、冗談を言ってみました。でもお気の毒に、その方は笑う気になれなかったのです！

お頼みになりました。

「小さい頃したこと、お話しして。あなたのお父さんとお母さんのお話をして」

私はお嬢様に楽しんでいただこうと話し始めました。でも私自身、少しずつ泣けてきました。悲劇以来、私達は皆とてもぴりぴりしていましたし、それに、奉公人に興味を持つ人など誰もいないのですから。奉公に入ったら過去を失くすと思うのか、幸せだったのか不幸せだったのか、どこから来たのか、家はどこで、両親はどんなだったか、思ってもくれないのです。

お嬢様は落ち着いてこられました。ミスが上ってくる物音が聞こえました。私は出て行こうとしました。戸口の敷居に立つと、

「あなたは絶対出て行かないでしょ？　ね、クレマンス」

その時、私にはよく分かったのです。お嬢様は全てをお察しで、おいたわしいことに、幼い頃から残っているものにしがみついていらっしゃる、と。

「勿論です。私は決して出て参りませんよ」

二ヵ月後、私は去りました。裁判の四ヶ月前でした。お子様達を思うと、出て行きたくありませんでした。でも、今や全てを支配されている伯爵夫人に耐える――それに奥様がお帰りになったらきっともっと酷いことになると思いました――それは私の力に余りました。伯爵夫人のお給仕までさせられるなんて！　お嬢様はきっとそれは私の仕事では無いと、思ってくださいますね！　私は衣装係りの筆頭でございます。バック街に仕事の口がありました。引っ越さなくてはなりませんでしたが、近所に友人がいました。料理人の女で、毎週日曜日になると一緒に外出していました。会うのに交通費もかからなくなり、都合が良かったですね。職場は和《なご》やかでした。私はその仕事を受け入れ、とても幸せに五年間過ごしました。でも、モニクお嬢様とお別れするのは、心が引き裂かれる思いでした。

それでも、私はそうしたのです。

裁判の日が来ました。私はお嬢様がもうじきお知りになる理由のために、酷く興奮していました。証人でしたが、大したことを言う訳ではありません。弁護士は奥様がお子様達のためだけに生きていらっしゃった、とはっきり言わせたかったのです。判事にそう印象づけたいのは分かっていました。私は言いました。

「奥様は素晴らしいお母様でした。私はもう奥様にお仕えする身ではありませんが、可哀そうなお子様達と、奥様を必要としているお屋敷に、直ぐにもお返しくださるよう希望致します。でも、私はお屋敷を去る前に、何もかもお片づけしておきました。奥様のお部屋も、引き出しさえも。奥様は充分安心していらっしゃれます」

自分で笑ってしまいそうになるのは分かっていました。神様、分からぬ者が、何を笑いましょう。そして幸い、誰も分からなかったのです。奥様を除いては。あの方は即座に理解されました。あの方は！　あの方は立ち上がりました。いつも通りお顔の色は優れませんでしたが、さらに蒼白になり、大きな叫び声を上げて卒倒されたのです。ある意味で、叫んだ後ずっと失神されていたことが、あの方に最も幸いしました。それは判事に素晴らしい印象を与えました。聴衆は囁きました。

「気の毒な女性だ！　どれだけ苦しまれたか！」

私は弁護士の発言も、もし興味がおありならお嬢様が当時の新聞でお読みになれることも繰り返しません。一体旦那様について何を言われたことか！　女達、奥様の友人達、小間使い達、性悪女達、その他諸々！　多分事実も多かったでしょうが、嘘もいっぱいあったと私は思います。しかし、弁護士は正論を語りました。旦那様は死んだ。そんな話は彼にはどれも同じようなもの。それに、望んだ女性を悉《ことごと》く手に入れることは、別に不名誉ではなく、その反対だと。残った方を不名誉と有罪判決から救うことだけを考えた弁護士は、正当でした。つまりそのために、彼は報酬を得たのです。自分の仕事をやらなければなりません。

彼は良心を持って仕事をし、その結果が無罪放免でした。誰もが思った通り。

八月八日

今日、私はこの手紙を書き終えたいと思います。けれどもお嬢様、書き残している事こそ、最も辛いのです。

悲劇の一年前、私は奥様が変わられたのに気づき始めていました。それは装いであり、軽やかな足取りであり、お顔にも、お言葉にも、希望が感じられました。女が望むもの、神それを望むとは、よくぞ言ったものです。おそらく、あの方は、かつてなく美しくなりたいと望まれ、そしてほとんどそうなっていらっしゃいました。以前は、注目されるのを恐れるように、堅苦しく地味な装いをされていました。それが突然、美しいドレス、きれいな下着に変わりました。別の日には新しい髪型。ご主人を取り戻したがっていらっしゃる、と私は思いました。できる限り、お手伝いしました。お嬢様、良い侍女は貴婦人が美しくなるために色々なことができますし、私は時折、助言さえさせていただきました。若い頃、囲われ女の家にいたので、美しくなるこつや、顔色やスタイルを際立たせるために必要なことは何でも知っていました。奥様は素晴らしいお肌をお持ちでした。でも、私が〝奥様、お聞きください。奥様はこんなふうに、あんなふうにされなくては。まだお若いんですから〟と申し上げると、悲しそうに頭《こうべ》を振られました。

「全然無駄よ、クレマンス！」

あの方はとても不幸な女性でした。物事をありのままに受け容れられないご性格で、それを変えてみようとするにはプライドが高過ぎました。お子様達に対しても同じです。あの方は男達の愛が無いことを、お子様達で慰めようとされました。充分な慰めにはならないと思いながら、罪の無いお子様達にそれを求めました。あの方には、お子様達が、失った全てを埋め合わせるほど、充分美しく、充分お元気で、充分賢いとはとても思えなかったのです。

モニクお嬢様、ある日、奥様は旦那様と口論されました。ご主人は出て行かれ、あの方は居間に一人とり残されました。そこに旦那様の秘書、ジャン・ペコー氏が登場したのです。彼が部屋に入ります。その日、お二人の間に起こったことを、私は何も聞いていませんし、何も見ていません。でも、お嬢様もお思いでしょうが、三時にあそこに入って五時まで出て来なかったのは、やはりおかしいですね。

彼が出て行くと、奥様は私をお呼びになり、お部屋の片づけを命じられました。私は安楽椅子のクッションの下に、涙に濡れた奥様のハンカチを見つけました。ペコー氏が入って来た時、奥様は泣いていらっしゃったに違いありません。あの方をお慰めするために、彼が何を言ったか、あるいは何をしたか、それは決して誰にも分からないでしょう。あの方は死に召され、聞くところによれば今は結婚して裕福になったペコー氏もそんなことを得意がって話したりしないでしょうから。

お嬢様、私は申し上げたいのです。そのことでお母様が咎められるべき、とは思わないでいただきたいと。自分は一人きり、という思いがあの方をペコー氏に押しやったのです。でも、あの方は愛情の置き場所を間違われました。

もしお嬢様が子どもの頃この男にお会いになっていたら、痩せて小柄で狐のような雰囲気の、赤毛で耳の尖がった、細く赤く鋭い狐のような顔つきをした彼を思い出されると思います。旦那様は奥様の多額の資産を、投資に当てられていました。そしてペコー氏が全てに携わっていたのです。お嬢様もお分かりになりますが、あまりにも熱心に。

今や、旦那様が背を向けたとたんに、ペコー氏がお屋敷に現れます。でも、それも長く続きませんでした。奥様はいつもお出かけになり、幸せそうに、楽しそうにご帰還されました。誰も何も知りませんでした。あれほどの美男、ドンファンと結婚された奥様のようなご婦人が、その方より、見栄えもせずうだつの上がらない独り者をお好きになるのは、本当に、あまりにも異様でしたから。旦那様のような恋人の側に一時間いるためなら、女達はどんな苦労も厭《いと》わず、一時間の愛のために、どんな手酷い拒絶も受け容れ、感謝さえするでしょう。ところがその妻たる人が……女とはおかしなもの、と申せますね、お嬢様。

同様に、奥様が旦那様にまるっきり放っておかれてはいなかった、と申し上げなければなりません。裁判ではそう言われましたが。旦那様は一人の男性が、神様の御前でご自分の妻にしなければならないことを、決してお忘れになりませんでした。ですからお嬢様、あの方はいい面をお持ちだったと言えるのです。

　でも奥様と較べて、あまりにもお美しく、魅力的でいらっしゃいました。注目を一身に浴びるので、結果として、なさることを何一つ隠せませんでした。お屋敷では、あの方はお日様のようでした。人々はあの方しか見ませんでした。行動の一つ一つを話題にしました。一方、日陰で企《くわだ》てられたことは、気づかれずにすんだのです。十一月二日の朝、証人達はあの方が男爵夫人と庭園にいたと証言しました。お二人は二人きりと思い込んでいらっしゃいました。それでも、お二人が交わした囁き、愛の言葉、眼差しを言いふらし、でっちあげる連中がいたのです。ところが、その朝、奥様がなさったこと、それを知る者は誰一人いませんでした。誰も興味を持たなかったからです。

　十一月二日の朝、奥様は普段より早く起床されました。窓辺に行き、おそらく旦那様が出て行かれるのを見るために、長い間外を覗っていらっしゃいました。外出着を着て、私におっしゃいました。

「出かけるわ、クレマンス。十一時には戻ります。頭が痛いの」

　皆お出かけになるのを見ましたが、お話ししたような酷い季節に、奥様がいとも平然とお散歩に出るのがおかしいとは、誰も思いませんでした。雨なのにテラスをあちこち歩き回りながら待っていらっしゃった旦那様が、木立の下をお友達の青いコートが通るのをご覧になったとたん、お急ぎになるのを見た時は、皆くすりと笑ったのですが。いつものことでした。旦那様は夕食はいらないとおっしゃり、皆は〝いい時間をお過ごしになる〟と思いました。奥様は二時にお出かけになり、八時まで戻られませんでしたが、歯医者が長引くのは当たり前、と思われていました。ある意味で、それがあの方には幸いでした。

さて、奥様が出かけられます。でも遠くには行かれません。私は何度も跡をつけていました。庭園を横切り、お子様達がおもちゃを片づけた温室の側の小さなあずまやにお入りになりました。モニクお嬢様、覚えておいでですか？　そこにはお子様達の他、決して誰も行きません。そしてお三人がご病気ということを、あの方は当然ご存知でした。私はあの方が中に入るのを見ました。そして十分後にペコー氏です。私は何でも聞こえる温室にそっと入りました。神様の御前の如く、私は真実を申し上げます、お嬢様。

ペコー氏は繰り返しました。狂ったように。

「援けてくれ、ニコル、僕を援けてくれ！」

私は二人の一語一語は繰り返しません。ご自分の情熱、あるいはプライドのおいたわしく不幸な犠牲者の声、あの破廉恥漢の声を聞いてから、もう十二年も経ちました。話の意味は覚えていますが、言葉そのものは覚えていません。とはいえ、何が問題になっているかは、充分理解できました。ペコー氏は旦那様の書類をごまかし、お金を着服していたのです。株取引に手を出し、奥様は何度も損失を補っていらっしゃいました。今回は余りに額が大きく、彼はあの方に言い出せずにいました。旦那様は不正をお知りになり、彼を解雇し訴えるお積りでした。

「どうして欲しいの？」あの方はとうとうおっしゃいました。

彼は答えました。

「あの人の不貞の証拠を握ってるね。君が黙る代わりに、あちらも黙るように申し出るんだ。あの人は同意しない訳にいかん」

「彼、同意するわ！」一瞬沈黙を置いて、あの方は言いました。そして、その声……ああ！　判事、弁護士達、裁判長、聴衆、もし奥様の旦那様への愛を語った時、彼等が、その声を聞けていたら！　あの方はご主人を憎んでいらっしゃったのです、モニクお嬢様！　私はしょっちゅうそう思っていました。でもその時、それを確信したのです。お嬢様、車の中で起こったに違いないことが、もう、お分かりですね。お二人はどちらも一枚上手に出ようとされました。奥様はペコー氏を破滅させなければ、黙っていようと申し出ました。旦那様は、ご自分が奥様を追い詰め、離婚に向けて全ての条件を固められることがよくお分かりでした。旦那様は拒絶されました。そしてとりわけ鋭く皮肉な方でしたから、自分より年上の、醜く、自分が見向きもしない妻にこの種の話しがあったと思うと、笑わずにいられなかったのです。でも、長くは笑えませんでした。

その笑いがあの方を狂わせたに違いありません、おいたわしい方！　私はあの方に同情せずにいられません。女には何をすることもできる、と私は思います。騙《だま》すことも、打《ぶ》つことも、棄てることも、でも男なら許すある笑いを女は——決して！　当然、女の無知、身形、暮らしぶりなら笑えます。仕事だって好きなだけ笑えます。でも、その体、その顔立ち、あるいはキスか愛の仕草は決して。あの方は旦那様のご自分への態度の中に嘲笑を感じていらっしゃる、お嬢様、私はいつもそう思っていました。おそらく、結婚される前も。おそらく、お二人が子どもだった頃も……とても美しく、皆にちやほやされ、優美で輝いている男の子。目立たず、不器用な女の子。そしてお二人が結婚された時！……勿論、旦那様が決して労働者や百姓のようにあの方を笑ったのではない、と私は思います。良い教育をお受けになった旦那様です。でも、女は言われていないことを感じ、それに苦しみます。二人だけの夜、滅多に無いことでしたが、旦那様は微笑みながらうんざりした眼差しをあの方に向けました。あの方は……お嬢様、何度も何度も私は思ったのです。もしあの方の目がピストルだったら、お気の毒に旦那様は死ぬ、と。

あの方達のような本いとこ同士が結婚されるのは大きな間違いだと、私は思います。お二人はお互いにとって、男でも女でもありませんでした。そうでは無く、子どもの頃のように相手を思っていたのです。奥様は嫉妬を込めて、旦那様は侮蔑を込めて。どのように、一体何故、お二人は結局結婚されたのでしょう。幸せになることもあるけれど、お嬢様にとってそうであるように私はお祈りしますが、大半は不幸を招く重大事にお二人を押しやったもの、それは私達には、決して分からないでしょう。貴女にも、私にも。おそらく、旦那様にとっては財産、奥様にとっては遂に美しい従弟を捕まえたというお友達への見栄。おいたわしい方、もし、罪があったにせよ、あの方は本当に苦しまれました。

お嬢様、惨事が起きた時、奥様は何も知られない限り無罪放免になると、私にはよく分かっていました。でも一度《ひとたび》真相が明るみに出たら、あの方は大きな危険に曝されます。あの方に涙し、殉教者と呼んだ女達が皆してあの方に牙を剥くでしょう。女達がしばしば互いにそうなる雌犬どものように。

奥様の衣装戸棚の中、ピンクのデシンの衣装の下に、ペコー氏の手紙の束がありました。その手紙、旦那様の死体を見に下りる前に、私はそれを取り出し、隠しました。最初に考えたのは、奥様にそれをどうするか、お尋ねすることでした。でも医者や警察やご家族方がいて近づけません。私は裁判が終わるまで、それを持っていたいと思いました。その手紙からは、お金と愛にまつわる全てが読み取れました。私はそれを鞄の奥底に隠したのです。

裁判と無罪放免の夜、私は奥様が家に戻られると思い、少し落ち着かれたらお会いしに行こうと思っていました。でもあの方は病気になられ、伯爵夫人がスイスにお連れになってしまいました。そちらで、あの方は亡くなるまでの三年を過ごされたのです。ペコー氏、彼はほとんど直ぐに結婚しました。お気の毒な奥様は、まるで運がありませんでした。どうしたらよかったでしょう？　お嬢様。私は待ち続けました。とにかく、手紙は私の家で安全でした。お治りになったら、あの方にお返ししたいと思っていました。ところがあの方は、あちらのサナトリウムでお亡くなりになってしまいました。お一人で、誰からも見捨てられて。ただ、伯爵夫人だけがご自分の義務とばかりに、最後の瞬間までお離れになりませんでした。それでお気の毒な奥様がよりお幸せだったとも思えませんけれど。

あの方が亡くなったことを知り、私はとても困ってしまいました。最初は破いてしまおうかと思いました。でも、そんな勇気はありませんでした。結局、手紙は私のものではありません。お役に立とうとしてやったことと、責任を負うことは違います。私は思いました。〝万一、お子様達のお一人がお金を必要とされていたら、――何が起きるか誰が知るでしょう――今は凄くお金持ちになったあのペコー氏に奥様がざっと十万フランも与えた証拠になる……とっても微妙な話しだけれど〟お子様のお一人に一スーでもご損をおかけすると思ったら、私は死んでしまうかもしれません。お子様達を愛し、誰にも一スーたりと損をさせたことの無い私です。神様もそれはお分かりです。

お嬢様はストラスブルグにお住まいでした。そうでなければ、お会いしに行ったでしょう。でも、モニクお嬢様、分かってくださいますね。……思ってくれる人も無く、厳しい暮らしをしていると、締まり屋にならざるを得ないのです。去年の夏、発つ決心をしかけたのですが、鉄道代がまた値上がりしてしまいました。世の中がどうなるのか、私には分かりません。突然病《やまい》に取りつかれ、今待機している病院に運び込まれました。最初はその娘に手紙を書いてこちらに送らせようと思いましたが、姪の嫁いだニースの家にあります。あの手紙は、身の回りの物と一緒に鞄に入っています。鞄は姪が嫁いだニースの家にあります。ことなら分かっています。あの娘とベルフォールの甥の間には酷い妬《ねた》みがあります。あの娘は宝石か貴重な書類が入っていて、私が甥を贔屓するかもしれないと思って、決して鞄を手放さないでしょう。私が死んだら、二人は凄く驚くでしょう。晩年を過ごそうと思ってスープレスに家を建てるために、有り金を全部叩《はた》いてしまったのですから。それを売ろうにも、二人は決して合意を見ないでしょう。まあ、私が心配することではありません！　ここまで来てしまえば、一番大切なのはお金ではありません。彼等には目の前に自分の人生がありますが、私の人生はお終いなのです。

モニクお嬢様、この手紙に添えて、鞄の鍵をお送り致します。姪に鞄の中を探らせる訳にはまいりません。あの娘が全部読んでしまうかもしれません。どうかお嬢様、ニースにお出でになって下さい。全てをお知りになった今、出発を決意して下さると、私は思っています。私がお願いしてお出でいただいた、とおっしゃってください。住所はレピュブリック通り、三十番、マダム・ガルニエです。鞄をお求めになり、お開けください。左隅のウールの服の下に、お気の毒なお母様がお持ちだった手紙が全部見つかるはずです。姪の子どもの洗礼用の箱の中にきちんと整理して。箱にはルルドのロザリオも入っています。お嬢様がロザリオを私にお送りくださったら、大変嬉しいのですが。今わの際《きわ》に、手にしていたいのです。手紙はお嬢様のものです。お望み通りになさいますよう。でも、老いたる家政婦に一つ助言をお許しいただけるなら、どうかお読みになりませんよう。人生には知らずにいた方が良いことがたくさんあります。それを書いた人達も、死んだか、あるいは私達のようにいつか死ぬのです。お嬢様、その人達の裁きは、神様にお委ねになりますよう。それは私達がすることではありません。

さようなら、モニクお嬢様。お子様達がその方に大きな喜びをお与えになりますよう、私はお祈りしています。

お嬢様、我が敬意とともに、我が全き献身をお受け取りください。

クレマンス・ラブール

目撃者

二人は充分に昼食を味わった。こってりとしたクネル[*1]には、トリュフの豊かで奥深い風味が隠されていた。これ見よがしではなく、昨日聞いた魅力的なコンチェルトの、絶えずピアノに消されるチェロの深い音色のように、柔らかな魚の身と繊細なホワイトソースに、その風味が潜んでいた。こんな風に、想像と経験で変化をつければ、喜びや新鮮な楽しみを最大限引き出せる、とユーゴー・グライエは思った。クネルの絶妙に込み入った味わいの後、じゃが芋を添えたシャトーブリアン[*2]の味は、飾り気無くシンプルで、偉大な伝統様式を思い出させた。二人は少しワインを飲んだ。ユーゴーは肝臓が弱かった。とはいえ、一九二四年のシャトーオーゾンヌだ。パリ河岸の見かけは質素なレストランで、こんな貴重なワインを見つけるとは！　マグダがちょっと笑いながら言った。

＊1　肉、魚をすり潰し、卵、パン粉、調味料等を加えつみれ風にした料理
＊2　網焼きにしたヒレ肉のステーキ

「You are a marvel, Hugo dear!　あなた、不思議な方ね！」

彼女は彼の腕を取った。彼は小柄でとても痩せており、色彩を大いに切り詰め、特別繊細な手で造形されたように見えた。着衣も髪も目も灰色で、顔と手袋は薄い黄土色だった。硬い襟とこめかみの

毛にいくらか白いものが混じり、口の中で金がちらりと光った。連れ合いは彼より大柄で、がっしりして血色が良かった。枝に止まった鳥のように、頭の天辺に流行《はやり》の茶目っ気のある小さな帽子を載せ、その下に銀色の巻き毛が覗いていた。彼の傍らを、古い舗道を鳴らしながら、大きな足取りでしっかり歩いた。

　八月のパリ、セーヌのオルレアン河畔だった。ユーゴーは今年、ドーヴィルへの出発を遅らせた事が、無性に嬉しかった。季節は爽やかだし、マグダといるのは充分楽しい。彼は奇麗な娘達と食事するのを好まなかった。彼の年齢なら、楽しみは選り分けるのがよい。マグダのような手強《ごわ》くシニカルなアメリカの年増女としっかり食事をし、ちゃんとしたものを飲む、それが彼には必要だった。彼女は彼を敬っていたが、彼はそれには無頓着だった。趣味、富、素晴らしい磁器のコレクション、古代ギリシャ作家達への造詣、寛大さ、知性、彼はそのためにいつも敬われていた。他人の敬意を必要としていなかった。だが、マグダは彼を楽しませた。敬われるより、楽しませてくれる方が珍しいし、良かった……愛されるより、楽しませてくれる方が、珍しいし、いい。

　〝エゴイスト……〟

　ある女が、かつて泣きながら彼をそう呼んだ。その涙は、彼の心に未だに甘美に甦った。彼女はとても美しく、とても若かったのだ。その頃は、彼も若かった。エゴイストか……狂った残忍な輩《やから》と愚かなその犠牲者でできているこの世の中で、無害なのは自分のようなエゴイストだけだ、と答えることもできただろう。エゴイスト達は誰も傷つけなかった。人類に襲いかかるあらゆる不幸は、自分よりも他人を愛し、その愛を人に認めさせたがる輩《やから》によって惹き起こされる、ユーゴーはそう思った。

彼自身は、幸せに穏やかに生きようとした、それが全てであり、秘訣は簡単だった。世間を、とても興趣に富み、演じられるほんの些細な点まで賞讃に値する見世物のように見なければ。そうすれば、全てが大いなる美になる。彼はマグダに二つの古いホテルに挟まれた湿った路地を見せた。一人の幼女が鉄格子を背にして立ち、胸に金色のパンを抱き抱えていた。ユーゴーは友情を込めて幼女を見た。単純な素材――いたいけな少女、金色のパン、古い石畳――のおかげで偶然にも、優美で、心を動かす一幅の画が出来上がり、ユーゴー・グライエは嬉しかった。

「私にも、人並みに悲しい事はあったさ」彼はマグダに言った。

「フォントネル翁*はどんなに残酷な悲しみも、一時間の読書に抗《あらが》えないと言っている。私にとっての慰めは、一冊の本でも、一幅の画でもなく、この不完全な古い世界をじっと眺めることなんだ」

＊　ベルナール・フォントネル　一六五七～一七五七　フランスの思想家

「フォントネルは、あなたのように、平穏無事な人生を送ったことでしょうね」

マグダは笑いながら言った。

マグダの中で、ただ一つ、馬がいななくような笑いだけがユーゴーの気に入らなかった。

「そんなに平穏無事じゃあないよ」彼は答えた。

人に自分が他の者達より幸せだ、と仄《ほの》めかされると、彼はどういう訳か、得意と不満を同時に感じた。恵まれた犬が、時に鎖を引っ張り、下等な獣達の餌を欲しがるように。

「私にだって、不幸の分け前はあったさ」

彼は自分の母親の死を思いながら言った。二人はしょっちゅう諍《いさか》いを起こしていた。彼女は不愉快な性格の持ち主だった。だが、最後の瞬間、死の床で涙も叫びも無く、瞬時に和解した。二人の尺度、礼節、それにある美的な資質が、全てを消し去っていた。彼は二十年前の離婚、株価が無に帰したデビアス*を思った。結局、彼のような男には、俗衆には分からぬ精神上の不安があった。ある種の本、台無しになった旅行、愚かな女達、夢、不吉な予感に、彼は本当に、苦しんだ。暗くて汚いホテルの部屋で過ごした夜は、悲しみが胸に溢れた。風邪にかかって八日間留まらなければならなかった行きずりの宿のけばけばしいタペストリーから、執拗な憂鬱、頭痛、将来の生活への思案が始まった。そして今もまた、マグダの言葉が彼を悩ませていた。そうした事が分かるには、彼女は元気が良過ぎた。

＊　ダイヤモンド採掘・販売の国際的大手企業

　だがマグダは、セーヌがゆったりと右に曲がる河畔で足を止めた。ユーゴーはよく使われる〝川の肘《ひじ》〟という言葉がなんと醜く、角があり、腕を上げて平手打ちを避ける老いた浮浪女を思わせるか、と思った。実際、それは極度に優美で洗練された動作だった。セーヌはパリを、女が愛する男の首に腕を回すように抱きしめていた。それも、優しく頬を染めるうら若い女だ、水の輝きを眺めながらユーゴーはそう思った。その渦、淡い色合いを、彼がどれだけ愛したか……直ぐ側に、ひっそりした小さい公園があった。

「なんという美しさだ！」ユーゴーは小声で呟いた。

「ヨーロッパには、死に行く者の美がある」

彼はまた歩き始め、灰色の手摺を撫でながら言った。

「それが最大の誘惑さ。この脅かされる都市達の方に、私は何年も引き寄せられてきた。パリ、ロンドン、ローマ、去る度に、目に涙が浮かぶ。死病にかかった友人に別れを告げるように……併合前のザルツブルグも……ああ！　涼しい夏の夜、モーツァルトを聴きながら、直ぐ側で不眠と渇望に苛まれるヒトラーを思うとは、何たる感動だ。私は一つの文明の終わりに立ち会った。一つの国が歌いながら震え、死んでいくのを目の当たりにしたんだ。この手に、傷ついた鶯《うぐいす》の鼓動を感じるように。哀れで、魅力的なオーストリア……そしてこの全てが」彼はノートルダムを指差しながら言った。「空から爆撃され、破壊され、廃墟に、煙に、灰燼になる、なんという恐怖だ！　だが、それにしても……」

彼はちょっと息切れを感じた。あんまり早足のマグダに追いつけなかったが、見栄の名残があって、彼女にそれを言えなかった。（大体マグダは彼より年上だったが、遥かに逞しかった）

〝女達は破壊できんな〟彼は思った。

彼は公園のベンチに腰掛けようと誘った。車の中に閉じこもっているには、天気が良過ぎた。

「あなたは、信じるの？　この戦争を」

彼女はバッグの小さな鏡に自分を映し、ヴィクトリア朝のスープ鉢さながら銀の飾りが刻み込まれたような、どっしりした巻き毛を整えながら尋ねた。貧しげな小さな子どもが、そのきらきらした輝きに魅せられたように、彼女の前で立ち止まってじっと眺めた。彼女は微笑んだ。

「それで、あなたは信じるの？　この戦争を」彼女は繰り返した。

「友よ、君は引き金を引く時、拳銃から飛び出す弾を信じるかね？」ユーゴーは力を込めて言った。

二人はノートルダムを憐れんで眺めた。

「マグダ、あの古石の運命は、人間の運命よりも私の心を打つんだ」

少年は二人の前で立ち尽くしていた。ユーゴー・グライエはポケットから小銭を少し取り出した。

「さあ、飴を買いに行け、坊や！」

びっくりした子どもは頭を下げ、躊躇《ためら》ったが、結局金を受け取って遠ざかった。

「ああ！　そうだ、つまり、この比類無き寺院を築き上げるには何世紀もかかったが、月並みな人間を作るのは何分しかかからんのさ。実際、人間は他の人間と交換できる、悲しいかな！　ありふれた情熱、似たり寄ったりの喜び、救い難い愚かさ」

「そうね」マグダは言った。「スペイン戦争の間、食卓に着いても、グレコ*が壊滅するかも知れないと思うと、一口も喉を通らなかったわ。はっきり、こんな声が繰り返し聞こえるのよ。〝グレコ、もう見られないグレコ！〟」

＊　エル・グレコ　一五四一～一六一四　ギリシャ　クレタ島出身の画家。マニエリスム後期の巨匠。マドリードのプラド美術館に多数の作品が展示されている。

「映画で見たスペイン戦争のある光景は、グレコに匹敵した」ユーゴーは溜息をついた。

マグダは空に向かって目を上げ、スペイン戦争を思うそぶりをした。実際は、仲買人がメキシカンイーグルの自分の持ち株をうまく売りぬいたか考えていた。親愛なるユーゴーは、俗事にとんと関心が無いのね。驚くことは無いわ。ウルグァイ最大の資産家の一人ですもの。彼女はまたニューヨークにある自宅の一階の二つの大広間を思い、一瞬素敵な色の組み合わせを夢想した。紫とピンクもあるかしら？　鳥と花が描かれたイタリア風の鏡とは面白いかもしれない……ユーゴーは明るい日差しに微笑んだ。夏の盛りでも、光はきつ過ぎず、優しく爽やかだった。ディナーのために着替えに帰る前に、ルーヴルに行って、最も好きな画の一つ〝ワイングラスの男〟を見るか。パリ郊外、ヴェルサイユに住むブラジル人の女友達の家のディナーに招待されていた。そう、至る所から浸水する船さながら、神の声が絶え間なく轟く恐ろしい深みに沈んで行く古い世界を、こんな風に眺めるのは奇妙だった。何ヶ月、何週のうちに、ノートルダムの塔は爆撃を受けて弾け飛び、粉々になった古石を天に撒き散らすのか？　そしてあの美しい古い家々は皆……何たることだ！　彼は同情と、真っ当な憤り、それに舞台劇を見るときに味わうあの快適な安らぎを同時に感じていた。夥《おびただ》しい血、夥しい涙、だがお前から遠くで流れ、お前には決して届かない。彼は中立だった。〝No man's land（誰のものでも無い土地）の市民〟彼は微笑みながら自分自身をそう呼んだ。この世には、（マグダもその一員だが）その生まれ、先祖、血の繋がり、運の気まぐれから、どこの国のものとも言えない、多くの違う血の混ざった一握りの人間達がいる。ユーゴーの父は北欧の出で、母はイタリア系だった。彼自身はアメリカ生まれだったが、資産を持つ南米の小さな共和国の国籍を得ていた。

若い男女が、互いの胴に腕を回しながら、ゆっくりと歩いていた。彼等は、何を感じるだろう？　もし、ある日……感情と責務が、どんなに奇妙にせめぎ合うか！　そして、喜びのために造られた、あの哀れな肉体は！　いや、違う、人間の肉体は、決して喜びのために創造されてはいない、ユーゴーは目の前に手を翳しながら思った。どこからともなく現れた太陽が、突然暗い雲間で輝いた。人間は飢え、寒さ、疲労に耐えるために造られたのだ。そして魂は原始的で暴力的な情熱……恐怖、希望、憎しみで満ちるために。

彼は好意を込めて、通行人達を眺めた。彼等は自分達の中にある豊かさも、人体がほとんど何事にも耐えられることも知らずにいた。それはユーゴー・グライエの深い確信だった。何であれ、今、我々が生きるこの時代に、彼のように毎年ヨーロッパにやって来るには、勇気が必要だった。彼、無垢なるユーゴー・グライエとて、火事屋敷の哀れな鼠さながら、炎上する国々の間で捕まるかもしれない。ああ、頃合を見て出て行こう。最近買ったニュージャーシーの屋敷のことで彼に助言を求めるマグダに答えるために、彼はやっと夢想から引き剥がされた。二人は立ち上がり、車が待つサンジェルマン通りまで歩いた。それからヴェルサイユでディナーをとり、ユーゴーは眠りに帰った。翌朝、フランス人達が、朝刊を広げ、一面の大見出しを読んでいた時間、彼はまだ眠っていた。

一九三九年八月二十二日（DNB通信発表）**独ソ両政府は、相互不可侵条約の締結を決定**

ある者達は思った。

〝これでまたなんとか収まる〟

こう思う者達がいた。

〝どうしようもない。今度こそだ。出て行かねば〟

夜中に戸が叩かれ、休息は終わり、また道を辿らねばならぬ、と告げられたようだった。一瞬心臓が止まったような気がした。女達は夫か戦争に行く年頃の息子を見て、神に祈った。

〝そんな酷い！　お情けを！　こんな杯は遠ざけてください、主よ！〟

同じ朝、教会では〝平和のために〟千本の蝋燭が灯された。街中では、人々が新聞を売るキオスクに立ち止まり、知らぬ者同士が言葉を交した。顔つきは平静だったが、とても暗かった。こんな類の徴《しるし》を読み取るに充分なだけ、ユーゴーはヨーロッパで暮らしていた。勘定書きを持ってこさせた。発つのは悲しかった。だが、当然、ここでは何もやる事が無かった。彼は法外なチップを渡した。

「旦那様はお発ちですか？」客室係りの女が言った。「この有様では、ねえ？　皆様、ご自分の国に帰りたがります。ある意味、当然ですね」

ユーゴーは何処に行く？　さて！　先ずはアメリカ。古い象牙を売る話しがあると、知らせが届いていた。磁器にはちょっと飽きが来ていた。それから、見て回るか。今年はカンヌが見られないと思うと、遣る瀬無かった。

「ああ、留まりたいが、空から爆撃が……」

強く、美しい男達が死の脅威に曝されるのを見ると、彼は自分に一種皮肉な愛情を感じた。華奢な骨、痩せた背中、ほっそりした青白い手に。その手は、生まれてこの方、当たり前の力仕事をやった事も、つるはしや武器に触った事もついぞ無かったが、古書を愛《め》で、花を手入れし、エリザベス朝の高級家具を熱い亜麻布の油でそっと磨く事は知っていた。

とは言え、季節はあまりに美しく、彼は出発を日延べし、それからもまだ居残った。素晴らしく晴れた九月のある日、宣戦が布告された。その日、アレクサンドル三世橋の上で、ユーゴーは散歩する市民達……父、母、まだ若く直《じき》に軍隊に行く年頃の息子、とすれ違った。父親は懐中時計を取り出して言った。

「戦争が始まって二十分だ」

〝ヨーロッパ人達の忍従には、驚くな〟ユーゴー・グライエは思った。嬉しげな鳴き声を上げて、鳩達が飛び立った。

ユーゴーは翌日、発つつもりだった。溜息をついた。パリは爆撃されまい、と思い始めていた。……そう直ぐには……だが、不便になりそうだ、ガソリンは配給になるし、高級レストランは閉じる……だが、この戦争の始まりを見ていたら、どれだけ興味深いか！

この人達は皆、何を感じるのか？　彼等の中に、どんな動揺が！　この深刻な危機から、何が出現するのか？　ヒロイズムか？　快楽への欲望か？　憎しみか？　そして、それはどんな現れ方をするのか？　男達はましになるのか？　もっと利口に？　もっとひどく？　面白い、この全てが、えらく面白い！　一人一人の人間の顔が、これまでは名作の特権だった神秘を隠し持っているじゃないか。だがそれより何より、彼は冷やかな憐れみを感じていた。天上の高みから人間達の空騒ぎを眺める神なら、感じることのできる憐れみだった。哀れな人間共！　哀れな愚か者達！　ああ！　人体は苦しみ、死ぬために造られている。そして、その退屈で暗い人生は、熱狂、激情、新しい刺激によって彩られ、かき立てられるのか？　賢く恵まれた人間が押並べてそうであるように、彼は自分の問題については悲観的に、他人に関しては楽観的に見せる癖があった。だが、何より明らかなのは、彼は彼等を何ら援助できず、留まるのが馬鹿げていることだった。

彼はマグダと同時にフランスを離れた。勿論、中立の客船だった。青い海原を静かに漂い、ヨーロッパから遠ざかった。やがて、もうそこを思ってもみるまい。劇場を去った時の舞台のように。幕が下り、ランプの明かりが消える時も血が滴《したた》るシェークスピア劇のように。それは現実離れした恐怖だったが、同時にその記憶は確かな美を持ち続けていた。穏やかな夜、バーやデッキで、競い合うように熱く、歴史的瞬間を語り合う時があった。

「始まったと知った時は、フランス人達の反応が見たくってね。フーケ*に行ったよ」

＊　パリ、シャンゼリゼにあるビストロ

「私はパリ中を回ったわ。歴史を背負《しょ》ったあのパリを。モンパルナスのカフェに全部入ったの。なんて感動的だったでしょう！　凄く暗いんだけど、隅々で抱き合ってるのよ」

だが、それは二晩目で、もう、ヨーロッパは忘れられていた。

自分の客室で、ユーゴーは服を脱いだ。ベッドの側のお盆に、冷やした紅茶と書物と果物でいっぱいの鉢が置いてあった。ユーゴーはとても眠かった。彼は死ぬまで、最も幸せな幼少時代の記憶を持ち続ける男だった。安らかな眠り、クリームがちょっぴりで、お砂糖がたっぷりのとても上質なお菓子や素晴らしい果物の味。彼は戦争が始まった頃、パリで手離さざるを得なかったフランス人の使用人を懐かしんだ。あいつは招集されていた。二人はほとんど涙ながらに別れを惜しんだ。

〝あいつはあんなに私から盗んで、終いには私になついた。農夫だって、牛に愛着が湧く。肥《こえ》て、耕して、生活させてくれるんだ。哀れなマルセル……何か甘いものでも送ってやりたいが、届く迄、命はもつまい。健康じゃあなかった。私に八年も仕えて、酷く体を壊してしまった。戦場を生き抜くマルセルなんぞ、おかしい〟彼は丹念に桃を選びながら思った。

普段、彼はこんなふうに眠りに着いた。半分服を脱ぎ、片手を書物の上に、もう片方を女性の胸のような新鮮な果物に心地よく押し当てながら。十五分か二十分すると目を覚まし、パジャマを着るとオレンジかグレープフルーツを半分に切り、冷えた香りのいい果汁に砂糖をまぶしていくらか飲み、書物を投げ出して、朝まで眠った。だが、この時、彼を眠りから引き剥がしたのは、長く底深い唸りだった。それを聞いた彼は、初めは信じられず、パリの夢を見ていると思った。夢のせいで、この晩、おそらくベッドでサイレンを聞いている不幸なパリジャンの一人になったと想像しているんだ。だが私、ユーゴー・グライエは、中立で、中立の客船に乗り、誰のものでもない海の上にいる！　その海の底から、空の奥処から、ユーゴーまでサイレンの呼びかけが届いた。この瞬間、ヨーロッパで、涙にくれる大地の上に鳴り響くサイレンがこだまするように。人のものならぬ嗄《しゃが》れ声が苦悩と気遣いに震え、人間達に叫んでいた。〝気をつけろ！　自分を守れ！　こちらは、知らせる事しかしてやれない！〟

彼はベッドから身を投げ、服を着始めた。難破か？　あり得ん……こんな静かな海で……火事か？　潜水艦の攻撃か？　扉がばたばたした。通路を人が走っていた。彼はズボン、ソックス、セーターを身に着けた。彼の心がこれ程生き生きとし、同時にこれ程穏やかだったことは決して無かった。

ところが、彼は上着を着られなかった。袖を見つけることができなかった。だが、しようがない！　暖かいし、〝命の方が服より大事だ〟そんな事を考えながら、彼は一瞬、呆然とした。いったい何処から、どんな廃《すた》れた記憶から、こんな古い言葉が甦ったのか？　上着を着ず、救命胴衣をきっちりと留めたが、魂は疑いと怒りでいっぱいだった。（これはおかしい。私は中立だ。彼らの諍いには一切混じらん。何故、私を狂わせる？）ユーゴー・グライエは遊歩デッキに出た。恐れは無かった。もしかして、極めて知的で育ちのいい男は、動物的で原始的な恐れ、パニックを知らずにいられるのか？　彼は憤慨していた。責めを負うべき、義務をまるで果していない者が誰かいるような気がした。船長か、あるいは彼が属する会社か？　彼は状況の滑稽さを鋭敏に感じ取った。魚雷攻撃された船のデッキを、上着も着ず、救命胴衣で歩くのは下劣で不愉快だった。

実際、今、彼には分かっていた。乗船客達が、駆けながら話すのが聞こえていた。彼等は潜水艦の追撃を受けていたのだ。〝奴等も、もう誤りは犯さない〟昨日の晩、彼はバーでそう言った。人間の本性が誤りを起こし得るものであり、直ぐ記憶を失くすことを忘れて。

彼は野蛮人の列に呑み込まれたような気がした。突然、踊らされ、入墨を入れさせられ、鼻に輪っかを嵌めさせられたように。私、この私は文明人だぞ！　奴等の戦争の中に、私の出番は一切無い！　そして時々、まだ夢を見ているような気がした。そう、全てが悪夢のように支離滅裂で、急激で、極端だ。夢でしか見ないこんな色まで。暗闇のどす黒い紫、懐中電灯の青白い明るさ、目も眩む反射、渦、稲妻。乗船客達は小集団に分かれ、上のデッキから救命ボートが降りてくるはずの場所で待っていた。ユーゴーは暗がりの中で、剥きだしの手にダイヤモンドが光るのを見た。そこに、彼の仲間がいた。彼は、彼等に合流した。女達は毛皮のコートをドレスの上に羽織り、その方が安全だと思って、宝石を自分の肌身に着けていた。箱に入れておいたら、海に飛び降りる時失くしてしまうかもしれない。

ユーゴーは無意識に救命胴衣のベルトを整え、黒い水を眺めた。砲撃が轟《とどろ》き渡った時、最初のボートが下ろされた。驚いたユーゴーの鼻腔を、決して嗅いだことが無く、けれども、どこかしら覚えのある硝煙の臭いが掠めた。強烈な悪臭だったが、恐怖より、むしろ密かな昂揚を呼び覚ました。細い足から、血の気が失せた手まで、全身に震えが走った。死が彼に触《ふ》れる程近づき、口中に吹きつけ、髪を引っ掴むような気がした。ごく間近で、苦痛と恐怖の叫びが上がった。二発目の砲撃、三発目。

見えない手が、それまではっきり分かれていた集団をかき混ぜ、揺さぶり、ごちゃまぜにした。シェーカーの中で色々なアルコールを振るように。ボートがゆっくり海上に下ろされる間に、一等船客も三等船客も、ミンクのコートを着た女達も、アメリカの慈善事業でウルグァイの孤児院に行くユダヤの子ども達も、今は皆一斉に駆け出し、ぶつかり合いながらそちらに殺到した。砲弾がユーゴーの側を掠めた。届かなかったが、誰かが倒れ、崩れ落ちながら彼を引きずった。

この瞬間、舞台をライトで照らすように、恐ろしく、芝居めいた輝きを放ちながら、月が昇った。ユーゴーは、床に、体を二つに切断された女を見た。黒髪の頭、銀の耳輪、胴体は無傷だったが、足がもぎ取られていた。〝魚雷だ！〟叫びが上がった。群衆は丸ごと攻撃の反対側と思われる右舷に殺到した。それは最早、鞭に怯える一匹の獣のような、震え慄《おのの》く一つの存在としか見えなかった。ユーゴーはまた立ち上がって、もっと遠くへ走った。最初の魚雷は外れていた。二発目が来た。未だ生きているのが奇妙に思えた。二発目は船首を貫いた。

使えるボートはほとんど残っていなかった。砲弾は救命ボートを破壊し、船員達を殺戮していた。ユーゴーは居場所が無いことを悟った。デッキは女子どもでいっぱいだった。彼は海中に飛び降りた。泳ぎを知らなかった。救命胴衣に望みをつなぎ、船から遠ざかろうと空しく、必死に頑張った。波が彼と戯れ、皮肉に息を合わせて彼を交互に放り投げた。

大型ボートが通った。誰も彼を見なかったが、やっと気づいた者がいた。何人か水夫が乗った救命ボートだった。水夫達は海上を漂っていた女達、子ども達、それにユーゴーを救った。彼等は魚雷を受けた船から遠ざかろうとしたが、風が漕ぐ手を妨げた。水夫達は彼の近くにいた。恐ろしく間近に……彼等に、足下に横たわった生存者達に構っている暇は無かった。ユーゴーは水中に飛び降りた時、腰を傷めていた。彼は自分のようにずぶ濡れで、自分のように凍え、自分のように呆然として、彼を助けられない人達の間に横たわっていた。傍らに、二人の少女がいるのが見えた。多分、ウルグァイに向かう孤児達の一員だった。濡れた髪が、蒼ざめた顔に掛かっていた。彼は少女達に何もくれてやれなかった。話しかけ、励まそうとした。少女達は答えず、分かっていなかった。彼と同じように、少女達も死を待っていた。客船はまだ浮かんでいたが、転覆するだろう。そして救命ボートも一緒に消えるだろう。渦に巻き込まれて。

時間が経って行った。熱のある夜のように、のろのろと、切れ切れに。彼は寒さに震えた。あんなに穏やかに思えた風が、実際、刺すように冷たかった。もうじき、日が昇る。

彼は水夫の一人に尋ねた。

「たくさん死んだのか？」

水夫は知らなかった。ユーゴーの側に坐っていた女が答えた。改まった言葉使いからして、おそらく小間使いだった。

「私がどれだけ死人を見たか、旦那様は想像もおつきになりません……」

客船はまだ浮かんでいた。魅入られたように、彼はその黒い船体を眺めた。もうじき、魚のようにそっけなく海に潜り、自分達諸共《もろとも》、沈没するだろう。ユーゴーは死を恐れていたか？　そんなことはない、と彼はいつも思っていた。だが、長い道のりの果てに、長い幸福な人生の自然な結末として死を思うのと、正に今晩、正に今朝、正にこの瞬間が最後と思うのは違う。一体、何たる死だ！　夜明けの薄明かりの中で、彼は水を眺めた。

水はおぞましかった。凪になぶられ、白日の下や客船の高みからは見えないある種の海底の泥が、水面に上って来たようだった。泡、海草、昨夜以来、あるいは有史以来そこに横たわった千もの残骸が、暗緑色の、液状の泥を造っていた。ユーゴーは慄然として、それを眺めた。フランスの浜辺、九月の朝の爽やかな海はどこに行った？　あの海の底に隠されていたのが、これなのか？　あらゆる側から、波が彼を持ち上げ、彼の周囲で崩れた。そして、煙と幻影と亡霊が彼に迫った。

時折、呆然たる思いが甦った。いったい、俺はここで何をやっているんだ？　俺、ユーゴー・グライエが戦争の犠牲、なんたる愚弄だ！　波が来る度に、彼は思った。〝今度こそ、最後だ！〟だが、ボートは抵抗した。沈まなかった。だが、進みもしなかった。

〝漕げればいいんだが〟ユーゴーは思った。

だが、櫂を取る力がどこにある？　腰がこんなに痛んで……何週間も、何ヶ月もそこに横たわっていたような気がした。すると、理性がぱっと戻り、陽はまだ昇ったばかりで、魚雷攻撃は真夜中だった、だから数時間しか苦しんでいないと分かった。かつてなら昼食とディナー、訪問とコンサート、一つの楽しみと他の楽しみを隔てる程度の時間だ。やっと、五、六時間！　何と短かい！　何と長い！　脂汗が滲むような一秒一秒が、どれだけ長いか！　何て寒い！　突然、胸が詰まり、彼は吐いた。慎みから顔を背けようとしたが、もう首に力が入らず、動かせなかった。彼は横たわったまま、獣のように、自分の体の上に吐いた。

「旦那様はお病気ですね」横に坐った女が気の毒そうに言った。

酷いしゃっくりが出て、一瞬楽になり、答えることができた。

「いや、なんでもない……」

彼は、かつて——百年前か、それとも昨日の晩か？——誰かに——マグダか？ 他の女か？——極度の危機に瀕した時、どんな気持ちになるのか知りたい、と言ったことを、突然思い出した。今、彼にはそれが分かっていた。全てが一挙に失われるのではなく、恥、憐れみ、人間の繋がりが心の中にずっとあり続けることも、分かっていた。きちっと尊厳をもって答えたことで、元気が出たような気がした。もっとしっかりしたかった。やっとのことで、声を洩らした。

「ありがとう」

「ひどい風邪だわ、旦那様……」

彼女はもう彼に改まった話し方をしなかった。彼の手を取った。彼女は自分の指にユーゴーの青白く力無い指を絡めた。それを握り締め、一本一本持ち上げながら、優しく擦った……無限大の苦しみが、この貧しい肉体に住み着いている。

彼の腰は巧みに、残酷に、執拗に、えぐられた。賢く意地の悪いザリガニが鋏で掘り下げるように。彼は寒々とした、打ち棄てられた悲惨な感覚を味わっていた。船酔いが、それをいや増しにした。時が過ぎた。彼はまどろみ、叫んだ。誰も、彼を助けることができなかった。人は憐れみの目を彼に向けた。それが、人が彼のためにできる全てだった。そんな憐れみが何だ！　俺も、戦いに行くフランス兵に同情の目を向けた。たくさんだ、もう、たくさんだ！　恐ろしい渦よ、止まれ！　とにかく、暖ったかくなってくれ！　死んだ魚みたいな、青白く無表情な少女達の顔など見たくない！　どんな不幸も、他人にしか届かない時は、どれだけ耐えられそうに思えるか！　他人の体が血を流す時、人間の体は何と強そうに見えるか！　死が他人に近づく時、どれだけそれを直視するのが簡単か！　よかろう！　今度は俺の番だ。もう中国の子どもでも、スペイン女でも、中欧のユダヤ人でも、あの哀れで魅力的なフランス人でもない、この俺、ユーゴー・グライエの話だ！　海の泡と反吐《へど》にまみれ、凍てつき、孤独で、不幸に打ち震える俺の肉体の話だ！　床に就く前に、何度、爆撃、魚雷、火災の記事が載った新聞を眺め、気安くしわくちゃにしたことか。――ああ！　そんな事があり過ぎて、憐れみそのものに、倦きてしまう――そんなふうに、明日、賢明で穏やかな連中が、泡の浮かんだ静かで滑らかな海の写真を一瞬、眺めるだろう。それで、奴等は一口のパンも、一杯のワインも、一時間の眠りも、失いはしまい。俺は、水に呑み込まれ、海の獣の餌食になる。そしてニューヨークかブエノスアイレスの映画館で、スクリーンに文字が載る。〝本大戦中、魚雷攻撃を受けた初めての中立船〟そしてそれも古くなり、忘れられ、誰の興味も惹かなくなるだろう。人々は自分の仕事を、病気を、悩みを思うだろう。少年達は暗がりで娘達のウエストを摑み、子ども達はボンボンをしゃぶるだろう。酷《ひど》い、不当だ！　あの群集共は、鶏に似ている。こっこっと鳴きながら自分達の種を啄《つい》ばみ続け、母や妹が喉を締められるのを放っておくんだ。そんな無気力、そんな暗黙の同意のせいで、自分達だって、いつか、強く無慈悲な手にやられちまうことが分かっていない。彼は唐突に思った。俺、ユーゴーはいつも、暴力は憎むべきで、悪には反対せねばならんと、宣言してきた。言っていない？　言う暇《いとま》が無かったのかもしれんが、一つは確かだ。俺はずっとそう思い、主張し、信じていた！　そして今、この様《ざま》だ。なのに、他の連中は……今度はあいつらが、繊細な良心の咎めを感じ、好意的な中立を衒《てら》い、優美な平穏を味わう番なのか。

そうする内にも、時間は経った……

アイノ

私は十五歳、ロシアから亡命した家族の一人娘でした。フィンランドで、森の奥の小さな集落に住んでいました。冬には三時に陽が沈み、漆黒の空の下、凍てついた野原にぼうっと火が瞬きます。市民戦争*のあった冬のこと。

＊　フィンランド内戦と呼ばれる。一九一八年一月、右派白衛軍（自作農、資産家階級）と左派赤衛軍（小作農・労働者）の対立により勃発。同年五月、ドイツ等の支援を受けたマンネルヘイム将軍率いる白衛軍がロシアの支援を受けた赤衛軍をロシアに追放して勝利を収める。

私達は、マンネルヘイム将軍を追うボルシェヴィキの占領地域に住んでいました。風の中に街が燃える匂いが感じられ、北方では大砲が鳴り響きました。農民達の言葉が、私達には分かりませんでした。言葉も交わさず、彼等の中で生活していたのです。彼等は私達を見ず、目にも入らぬ様子でした。その顔立ち、静かな足取り、誇り高く無関心な雰囲気、全てが私達には異様に見えました。私はフィンランドが好きでしたが、それでも記憶の中では、世界で最も神秘的な国のままです。どうしてか分かりません。私達を容易に受け容れず、私達がその憤《いきどお》りを知っていたあの人達のためかもしれません。私達が避難していたお屋敷では、その農民達の娘や妻達が給仕をしてくれました。小さな窓、凍てついた広い廊下、まだ松脂が匂う新しい木の壁のある平屋を想像してください。夏の間は庭園、小道、芝生に囲まれていましたが、冬になると雪が全てを覆い、平らにしてしまいました。今は寒々とした広大な平原で、その中に何本かの樅の木、氷の鎧《よろい》を纏《まと》った籐椅子、半分雪に埋まった中国風のあずまやが顔をのぞかせていました。

　毎週土曜日の夜、金髪で青緑色の目をした給仕女達は、お下げ髪を赤いリボンで結わえ、短剣、小銃、装塡したピストルだらけの騎兵達とダンスに行きました。私達は舞踏会をやる納屋に入ることは許されましたが、言葉をかける人も、にっこりする人も、目をくれる人もいませんでした。

　私は長い一冬をそこで暮らしました。輝かしい朝、森を横切って走る時、軽快に橇を跳ばす時、私は健康で幸せな息吹を吸い込みました。でも三時にはもう夜になってしまいます。電気は無いし、石油は貴重品でけちけち使われていました。回廊が灯されることは決してありません。私は怖がりな性《た》質《ち》ではありませんでしたが、いくつかの誰もいない部屋、井戸のようにこだまが響く深い押入れ、月光が射す小さな丸窓は心を凍らせました。正確に言うと怖かったのではなく、一つの神秘、一つの見えない存在を感じたのです。刻一刻と、現実と超自然の境界がどんどん薄れ、どんどん透き通っていくようでした。最早この世のものならぬ音、溜息、軽く触れ合う音が聞こえました。知ることも伝えることもできないもの、そのままそれを待ち受けて、遂に理解し、眺め、触《ふ》れる瞬間が来たら、激しい不安が込み上げ、恐怖のあまり死んでしまう、と私は思いました。そこで歌ったり、あらん限りの声で犬を呼んだりしながら、息を切らせ、髪を振り乱して、両親がトランプをしている応接間に駆け込みました。

そんな時は、書庫に身を滑り込ませる他ありませんでした。そこには何巻かフランスの書物が収められていました。そこで、私は初めてベアトリクス[*1]やモーパン嬢[*2]を読んだのです。窓の前の灯火が雪原に降る大雪を照らしていました。

*1　オノレ・ド・バルザック（一七九九〜一八五〇）の長篇小説
*2　テオフィル・ゴーチエ（一八一一〜一八七二）の長篇小説

私には友達がいませんでした。お屋敷には大人達とごく幼い子ども達、それに私に見向きもしない二十歳から二十二歳の青年男女の小グループが住んでいました。若者達の外出や遊びに入れてもらえると、私は誇らしさと同時に恥ずかしさを感じました。彼等の間では、極端にややこしいロマンが結ばれたり解《ほど》けたりしていました。男女が手を握ったりキスしたりして感じる喜びが、私にはまだ分かりませんでした。私は苛立ちました。でも、とっても羨ましい時もありました。

お散歩する時、私は自分がカップル達の邪魔になるような気がして、おずおずと困惑しながら後ろにくっついていました。しばらくすると彼等から離れ、一人で森を抜けて帰りました。黄昏の中で、雪を被った樅の木は物凄く奇妙な形をしていました。しょっちゅう、輝く炎が見えました。男達が火を囲んで車座になっていたのです。樵《きこり》か兵隊達ですが、全員が武装していました。時々丘に登って耳を澄ますと、屋根裏部屋で家具を絶えず動かしているような、こもって絶え間の無い轟音《ごうおん》が聞こえました。テリヨキ[*]の大砲の音です。

*　ロシア西北部、カレリア地峡の町。現在のゼレノゴルスキ

雪の上に小さな星の形がうっすらと見えました。姿を見せたことのない神秘的な森の動物の足跡で

す。出合ったり交差したりしながら、幽霊の踊りのような繊細で流動的な形を描いていました。

こんな孤独な遠出の最中に、私は一軒の空き家を見つけたのです。

窓は砲弾で砕かれ、戸口は開けっ放しでした。小さな応接間に入ると、家具は無傷のままでした。フィンランドの人民達が持ち主を殺戮したのかも知れません。でも世にも気高き人々は、持ち主の財産には敬意を払っていました――ロシアの片田舎の略奪話を思い出します。百姓どもは領主の宝物を公平に分け合うあまり、グランドピアノを四つに輪切りにして、四家族に与えたというのです。ここは、ロシア風の別荘でした。革命以前、フィンランドはサンクト・ペテルブルグの一種優雅な郊外だったのです。この家はおそらくは、裕福で教養ある人の持ち物でした。私は書物が大好きで、最初は書物にしか目が行きませんでした。フランス、イギリス、ロシアの書物。青い生地を貼った総裁の時代様式*の長椅子、同じ色合いの絨毯、タフタ織とレースの傘がついた古代風ランプ、フラシ天のアルバム、私はそうした物全てをしっかり観察しました。

＊　一七九五～一七九九年　革命期フランスの一時代

私の人生では、強烈で風変わりな印象は珍しくありませんでした。私の時代、私の国の子どもなら誰でもそうであるように、多くのことを経験していました。それでも、ここで受けた印象は最も異様な部類に入ります。私は壁、家具、細々した装飾品をまじまじと眺めました。部屋はまだ剥き出しになった感じではなく、物体、〝つまらぬ物〟〝思い出の品々〟でいっぱいでした。机や棚に飾られる壊れやすく虚しい小物を何でも嫌悪するようになったのは、この日からだと私は思っています。磁器のボンボン入れ、銀の容器、金の高級なスパンコールを刺繍した扇、ケースに入った楽譜、マンドリン、アルバム、それらの一切が、人気《ひとけ》の無い部屋を一層陰気で惨めに見せていました。鉛色の黄昏が薄っすらとその部屋を照らしていました。確かにもう三時、帰らなければなりません。

私は翌日戻って来ました。この家のことは誰にも話していません。持ち主が誰だったのか、知りたくありませんでした。その人達の顔や声や運命を想像する方がずっと良かったのです。最初の時のように私は応接間に佇み、何故か、他の扉を開けることができませんでした。

先ず、私は書物を手に取りました。運び出さず、青い長椅子に腰掛けました。半分雪に埋まった深い小窓が私を照らしていました。もう暖房の入らないこの部屋の寒さは酷いものでした。構わないわ！　私はそこにじっと留まり、雪が放つ冷たく白い光の中で、読み耽ったのです。書物は風変わりで夢幻的でした。メーテルリンク、オスカー・ワイルド、アンリ・ド・レニエ。私が初めてその人達の作品を読んだのは、この死んだ家の中でした。目を上げて、私は割られたガラスと、それから、壁の肖像画を眺めました。二幅の画は私を魅了しました。一つはロシア軍将校の肖像でした。今、記憶の中で思い浮かべれば、女のように繊細で軟弱な美しすぎる容貌で、革命か戦争では真っ先に消え去るタイプだと分かります。でも、私は十五歳だったのです。美しい軍服を着て悲しげな眼差しをしたその人は小説の主人公のように見えました。若死にしたり無惨な死に方をする人の肖像には、悲しげでちょっと怯《おび》えた雰囲気があるのに、気づいたことはありませんか？　たとえ唇は微笑んでいても、目には深刻で気遣わしげな表情があります。まるで自分達だけに分かる兆候を見てしまったような。

もう一つは女性の肖像画でした。

二幅の肖像画にどれだけ私が見入ったことか！　この見ず知らずの人達、死者達に私が抱いた優しい関心を、ほとんど〝友情〟もしくは〝愛〟と呼べたでしょう。でも、私は一瞬たりと、この人達が死んだとは思いませんでした。農民達の反乱を戸口に聞いた晩、二人は脱出した。二人は逃げおおせた。スエーデン、フランスか、イギリスに住んでいる。いつか、二人は帰って来る、と思ったのです。

ほとんど言うのも恥ずかしいのですが、私はこの人達に一通の手紙を書き、書物の一巻に滑り込ませました。こんなふうに二人の家に来てしまったことについて、許しを求めました。二人の書物と肖像画を愛している、二人の幸せを願っている、恋人なのか夫婦なのか、婚約者同士なのか分からないけれど、二人が愛し合っていると信じている、と伝え、そして、この詩的で沈鬱なお屋敷を決して忘れません、と書き添えました。そして少なくとも、それは偽りではなかったのです。

毎日、それ以降、私は見捨てられた別荘の中に入りました。それでも、寝室に入る勇気を奮い出す迄に、ほとんど一週間かかったのです。私は恐怖に慄《おのの》きました。あの静けさ、あの雪、あの仄《ほの》かな光、窓の下を打つ氷柱《つらら》を被ったあの樅の木、そしてあの寝室、確かに、決して、私はそれを忘れません。最初の部屋と同じように、狭く、天井の低い寝室でした。机の上にハートの形をした鏡、お化粧箱、香水瓶が見えました。ベッドは乱れていました。上等できれいですが、しわくちゃになったシーツが床を這っていました。このベッドで寝ていて、シーツを掛け直す暇も無く逃げたのです。そして部屋の真ん中で、私は女性用の靴を一足拾いました。サテンの室内履きで灰色の毛皮で縁取られ、裏打ちされていました。私はそれを手に取りました。毛皮のせいで靴は暖かい生きた動物のように見えました。ここでは、何もかもがパニックの雰囲気を漂わせ、罪の匂いを撒き散らしていました。壁には弾痕がありました。

〝ああ！　二人は逃げ出したのよ〟

私は激しい不安に襲われて思いました。見ず知らずの人達のために神に懇願しながら。でも、部屋には出口が無かったのです。窓は男が通り抜けるには狭すぎます。二人は応接間に戻って、そこから逃げることができたでしょうか？　いえ、誰も走ったり、家具にぶつかったりしながら部屋を横切っていません。全てがきちんとその場所にあり、とても整然としています。驚いて目を覚まし、まだ身を寄せ合っている男女を、誰かが窓越しに狙撃し、射殺したに違いないことが、私には分かりました。ベッドの真ん中の窪みを私は見ることができませんでした。混乱と恐怖でいっぱいでした。そっとシーツを滑らせると、その時、床に血が見えました。黒ずんだ古い滲みになっていました。

〝あの人達を犬のように殺して、庭に埋めたか、湖に投げ込んだんだわ〟

どれだけ怖かったことでしょう！　お屋敷の暗い廊下で襲ってきたのと同じ、でもそれより千倍も深い神秘的な恐れが、私を骨まで貫きました。それでも、私は立ち去りたくありませんでした。立ち去れなかったのです。亡霊達が嘆くように私に言うのが聞こえるようでした。

〝見ろ。こんな目に遭ったんだ！〟

私は身を寄せ合って憩っていた二人の、その晩の恐怖を想像しました。どうして、二人を殺したんでしょう？　確かに、この殺人にはどんな道理もありませんでした。もうじき、自分が同じ運命になるかも知れないとは、一瞬たりと考えませんでした。十五歳にとって、死は大人達のこと！

多分、死体はあわてずにそおっと応接間を横切って運ばれたのです。家具が動かされていない……

何故か分かりませんが、もしひっくり返された肘掛け椅子や踏みつけられた机を見たのなら、印象は違っていたでしょう。何もかも、こんなに静かで、まるで人が住んでるみたい！　二人が夜、自分達の家に帰って来たのかしら？　私は改めて、見えない存在を感じました。本当に、手を差し伸べ、耳を澄まし、目を凝らしながら、遂に暗闇の中で目に見えぬものを見詰め、禁じられた音を聞き、死者達の透明で冷たく捕らえ難い世界に触《ふ》れるような気がしました。

応接間で、私は家具と書物を整理しました。机の引き出しの中に小さな手紙の束を見つけたのが、その日だったのかその翌日か、もう思い出せません。

二人は私が最初に思っていたような夫婦ではなく、恋人同士だったことが分かりました。その時、どれだけ熱烈で新たな興味を込めて、私は女性の肖像画を眺めたことでしょう！　彼女は優しく楽しげで、ちょっと浮ついて見えました。乙女の装いをして、一九一三年に流行った白い羽根を飾った大きな帽子を被り、微笑んでいました。額縁の縁《へり》に〝一九一三　サンレモ〟の銘が打たれていました。

この愛の手紙、思い出話、子どもっぽさ、優しい悦楽、情熱の溜息、〝あなたの魂に私の口づけを……〟という言葉で始まる紙片、それらが無垢な小娘にとって、どれだけ甘く、熱く、生き生きとして、罪あるものだったことでしょう！　何も不都合はありません、二人は死んだのですから。何も悲痛ではありません、二人は愛し合ったのですから。

私は二人にお花をお持ちしたかった。でも、この氷の国では十月から四月にかけて、草一本見つかりません。私の母はパリの香水を持っていました。香りは優美です。私は躊躇《ためらい》も無く、それを盗みました。私達はほとんど何も持っていませんでした。あんまり急いでロシアから逃れたので、私の持ち物はせいぜい少しの肌着と二着のドレスだけ。一着はウールで、もう一着はパーケール（目の詰んだ綿布）でした。でも、とっても上等なリネンのハンカチを持って来ていました。私はその一枚を取り出し、香水で湿らせました。たぶん着け過ぎたかも知れません。でも、わざとやったのです。二人が愛し合ったこの部屋を、何としても、暖め直さなきゃいけない。明かりも灯せず、お花も飾れないなら、この強烈なうっとりする香りをその代わりにしよう、と思いました。こうして、二幅の肖像画の前で、私は香水を着けたハンカチを机の上に投げました。そして書物を、爪痕をつけておいた箇所で開きました。ハインリッヒ・ハイネの小さな本です。私は思い出します。割れたガラスを隠していたカーテンを引き、外に出ました。森を横切って、足早に進みました。なんという静けさ！……風はそよとも吹きません。雪と樅の木と新しい木材の匂いのする凍てつく大気と、遠くの煙の香りで肺が膨らみ、陶酔感が沸き上がりました。北国では息をすることが、本当に肉体的な悦楽になり得るのです。フィンランドではたまに馬具をつけた馬がいても、首にぶら下げる小さな鈴の音しか洩れません。そしてそれ自体、何か幻のような奇妙な音なのです。澄み切った大気の中で、遠くからその音が聞こえてきます。でも何も見えません。時々悲しげな鈴の音が耳の直ぐ側で響きますが、馬はまだ遠くのまま、姿は見えないのです。森には人気《ひとけ》がありません。反対に、一人だと思っていると、突然小枝を積んだ五、六台の橇が目の前に現れることもあります。冬の黄昏の中、雪煙の中に橇が現れ、消えて行きました。

空は煌《きらめ》く星で覆われていました。私は雪をちょっとかき集め、ウールの手袋の中で固めました。そして凍った路上に力いっぱい投げつけたのです。地面は固く、輝いていました。私は空き家のことを思いました。誰にもその話しをすることはできませんでした。間違いなく戻ることを禁じられてしまうでしょう。あの家はそんなにも孤立していたのです！

私はその時、奉公女の一人に聞いてみました。アイノという名前でした。私よりいくらも年嵩ではありません。きれいな長い髪を持ち、顔立ちは完璧に美しかったけれど、冷たく、無表情でした。半年近くロシア人に仕えていて、私達の言葉が分かり、少し話しもできました。鳥の囀《さえず》りに似た、いきいきして瑞々しい声で、オンディーヌ*のようなつんとした雰囲気とは対照的でした。彼女を前にすると、私は気後れを感じました。

＊　北欧神話の水の精

ある日、私が髪を整えていると、彼女が部屋に入ってきました。彼女が自分に投げた眼差しを、私は見ました。私は髪の毛にピンクとブルーのサテンのリボンを着けていました。塩やラードや長靴を売る貧しい店しかないこの村では、リボンなど買えるわけがありません。私のリボンはパリ製で、大きくて、艶々していました。無理やり着けさせられていたそのリボンが、私は大嫌いでした。お利口な犬みたいになっちゃうなんて言っていたんです。アイノがリボンに憧れ、羨ましがっているのが分かったとたん、私はリボンを解いて彼女に渡しました。

「あげるわ」

彼女は躊躇って、それから受け取りました。嬉しそうににっこり微笑んで、長いお下げ髪に一つずつ着けました。私はさっと尋ねました。

「アイノ、谷間のお家は誰のものなの？」

突然、彼女はロシア語も、あらゆる人間の言葉さえも、忘れてしまったようでした。私は食い下がりました。

「聞いて。私が言いたいこと、分かるわね。あなた、あのお家知ってるでしょ?」

彼女は首を振りました。

「いいえ」

「アイノ、あなた、嘘をついてる。もう一つリボンをあげるから。誰のものなの? ロシア人?」

「ご領主様です」彼女はとうとう呟きました。

それからおずおずと、魅入られたように二番目のリボンを受け取り、冠のように髪に編み込んだのです。彼女は鏡の中の自分を見て、にっこりしました。私は笑いながら言いました。

「男の子を喜ばせるためにきれいになるのね、アイノ」

私の予期に反し、彼女はしなも作らず、赤くもなりませんでした。きっと目をあげて言いました。

「そんな冗談を言っちゃいけませんよ、お嬢さん」

私は驚いて尋ねました。

「どうして?」

今度もまた、彼女は聞こえず、分からないふりをしました。丁寧にリボンを折り畳んで、懐《ふところ》に滑り込ませました。彼女は出て行こうとしましたが、私はその手を摑みました。

「アイノ、あの人達はどうなったの? 男の人と女の人。あなた、それ知ってるんでしょ」

「いいえ、お嬢さん」

「殺されたの？」

「放してください。お嬢さん」彼女は妙な言葉づかいでそう言いましたが、いきいきして澄んだ声が濁りました。

「私、あの人達が殺されたこと、知ってるんだから」私は言いました。

突如、彼女は銃を担いで肩に構える男の身振りをしました。口笛で、銃弾の音を真似、それから目を閉じ、口を開いて死んだ女性の顔をしてみせたのです。彼女は言いました。

「そうです、あの人達は殺されました」

「誰の仕業？」

「分かりません」

「でも、なんで？」

〝ああ！　なんで？　なんて馬鹿な質問を！〟私は思いました。〝そんなこと、聞くんじゃなかった。この年で、市民戦争もしっかり経験してるはずでしょ。あんな時に、なんで殺すか、なんで殺さずにおくかなんて分かるもの？　滅茶苦茶に酔って野蛮になってる時に。あんなじゃなかったら、革命だってそんなに怖くないのに〟

アイノはじっと動きませんでした。そして突然呟きました。

「お嬢さん、あの家で怖くなりませんか？」

「いいえ、なんで？」

「死んだ人達のせいで！」

「あの人達が悪者でなけりゃ、危害は加えないはずよ」

「でも、あの人達、仕返しするかも知れません、私達を罰しませんか？」

「いいえ。私はそう思わないわ」私は言いました。

彼女は姿を消しました。

何日か後、私はあの家に戻り、肖像画とハンカチを見ました。誰かが、薄い生地を手の中でしわくちゃにしていました。誰かが、香水を嗅いでいました。私は思い切ってそれより奥に進めませんでした。その時は、死者達が戻って、私の贈り物を受け容れてくれたと信じました。安堵と恐れが入り混じったあの思いを、私は言い表すことができません。その日は、暗い灰色の空が低く垂れ込めていました。もうじき雪になりそうでした。私は想像しました。この黄昏のどんよりとした時刻に、亡霊達が姿を現します。二人は入って来ます。お互いの胴に腕を回しながら。彼は美しい軍服姿で、彼女は刺繍入りの大きな帽子を被って。柔らかく光沢のあるあの長く白い羽根が顔の周りを飾っています。二人はそこにいたのかもしれない？　私には見えませんでした。でも、二人はおそらく、私がいることを知っていました。でもそれで傷ついたり、苛立つはずがありません。私はこんなにもいっぱいの愛情を持って、二人のもとに来たのですから！　そして突然、見捨てられた部屋から微かに触れ合う音、溜息が洩れました。何か分からない、小さく奇妙な音が聞こえたのです。私は逃げ出しました。

私はもうあそこに戻りませんでした。季節が変わって春になり、私は成長していました。男の子達が言い寄ります。もう死者ではなく、生きる者に興味がありました。その間に、マンネルヘイム将軍の部隊が北方から下って来ました。毎日近づいてきます。樵やボルシェヴィキの兵隊の中で暮らしていた私にとっては、未知の正規軍の兵士達、ブルジョワ達、白衛軍の農民達、フィンランド国の徴収兵達でした。大砲がもっと間近で、もっと頻繁に鳴り響きます。ある晩、テリヨキが焼けるのが見えました。空が赤く澄んでいました。雪が溶け、分厚い茶色の泥が道を覆います。半分凍った泥の層の下に閉じ込められた水が、ざわめき、溢れ、震え、走る音が聞こえました。私は一度、夜になってから表に出て、空き家の窓辺に蝋燭が灯っているのを見ました。でも、二ヶ月は全てをすっかり変えるのに充分です。突然ですが、私はもう亡霊を信じませんでした。一本の木の後ろに隠れて待ちました。光が消え、一つの人影が私の側を駆け抜けました。月が森を照らし、金色のお下げ髪が見えました。アイノだったのです。

私は喜びました。小娘だった自分の妄想を思って笑いました。そうよ、これでいいんだわ。こうでなくっちゃ。あっちでもこっちでも、若さと愛が、陰気で恐ろしく古めかしい物事にとって代わるの。私は歌いながら、走って自分の家に戻りました。でも、お屋敷では皆が悲嘆にくれていたのです。村の近くで戦闘がありました。反抗する農民達は、追い詰められたら何をやることか？　もしかして皆殺しにされるんじゃゃ？　何だってあり得ました。私達は小さな客間で長い時間過ごしました。竹製の侘しい家具、ピアノ、フランスの書物が入った書棚、空になったジャムの瓶が、まだ目に浮かぶようです。森の中で炎が輝きました。赤衛軍のいくつかの部隊がロシア国境に向かって出発しました。反対に正規軍と合流する部隊もありました。伏し目がちな奉公女達は、相変わらず食事を用意し、給仕してくれました。見たところ平静でしたが、自分達の夫、兄弟、息子の運命がその時どうなっているのか、察している者は確かに一人もいなかったでしょう。昼間、すれ違う農民達はいつも通り無表情でした。そして夜になると、何が起きているのか、本当に私達には分かりませんでした。出発、別れ、冒険、涙を思い浮かべても、何も見えないまま、全てが間近で起こっては静かに終わってしまいます。凍った森の中で、雪の中の微かな痕跡だけが、獣たちの生存、愛、野生の戦いを示すようなものです。今や、氷は解け、中国風のあずまやにも行けるようになりました。私はしょっちゅうそこに本を読みに行きました。

四月の空気が澄んで寒い日のこと。私は一人であずまやにいました。その時、私の方に駆け寄って来るアイノが見えたのです。その顔は異様な恐怖で引き攣っていました。

「来て!」彼女は私の手を掴んで叫びました。

彼女は早口でまくしたてましたが、フィンランド語なので、私には一言も分かりません。私は拒みました。

「でも一体なんで、どこに連れて行きたいの?」

彼女は泣き叫びながら繰り返しました。

「来て、来て」

彼女は私を引っ張りました。私は見捨てられた家まで、彼女に着いて行きました。彼女は中に入り、応接間を横切りました。そして、あの部屋の中で、私は横たわった男を見たのです。近づいて、男を見ました。死んでいました。おそらく、銃殺です。本能的に身を守るように、まだ腕を掲げています。とても若い農民でした。

アイノは彼の傍らに身を投げ、とても小さな声で呼びかけました。

「ヤルマル、ヤルマル……」

彼女はしゃがれた奇妙な言葉で、彼に語りかけました。彼にキスしました。顔を手に挟んで、キスし、また見詰めました。

私はアイノの腕と長い髪を引っ張りました。彼女を死体から引き離したかったのです。彼女はようやく彼を仰向けにしましたが、跪《ひざまず》いたまま、じっと見詰めました。私は彼女に言いました。

「明日、マンネルヘイム将軍の部隊がここに来るわ。あの人のところへ行きなさい。恋人が殺されたって言いなさい。人殺しは罰されるわ」

「いいえ」彼女は言いました。

「これは、他の死んだ人達の罰《ばち》が当たったんです」

「ご領主と、恋人の？　でも、誰があの人達を殺したの？　ヤルマルなの？」

彼女は長く荒々しい叫びを上げ、私の服を掴みました。

「誰にも、何にも言わないわね。お嬢さん！　神に誓って！」

「じゃいったい、誰が彼を殺したの？　彼、ヤルマルを」

「私の父です。間違いありません。ご領主様の亡霊が、父に武器を取らせたんです」

私は迷信的な戦慄に襲われ、思わずあたりを見回しました。緑を増した森の中でかっこうが歌い、その憂鬱で嘲るような声に、私の血は凍りつきました。

「行きましょう、アイノ」私は懇願しました。そして白状したのです。

「私、怖い」

けれども、彼女は着いて来ようとしませんでした。私は彼女をそのままにしておきました。何日か後、村は白衛軍の手に落ち、同じ晩、アイノと父親は姿を消しました。二人は国境を越えたでしょうか？　父親は殺人を認めて、裁かれたでしょうか？　私には全く分かりませんでした。あの空き家がどうなったか、誰か教えて欲しいのです。

魔法

子どもの頃の思い出は、謎の部分を孕んでいる。それが思い出の力になる。過去の出来事や人物は、二重底になっているようだ。知ったつもりでいても、年が経てば、錯覚していたことに気づく。単純に見えたことに、陰影と秘密が隠されている。逆に、その頃不思議に思えたことが、相続か不倫のつまらぬ話しになる。子どもの無知やそそっかしさは、こんなふうに、半分明かされただけで、半分はベールがかかった世界を創る。記憶の中の世界が凄く鮮やかな色彩を保っているのは、そのためかも知れない。

私が八つの頃、生地のウクライナの街に、若い叔母と一緒にしょっちゅう訪ねた家族が住んでいた。お父さんは退役軍人だった。その人の身分や名前は忘れてしまったが、お屋敷や家具や家族の顔は、今でも目に浮かぶ。

彼等の住いは私達の住いから遠かった。私達は市の中心街に、その人達は郊外に住んでいた。そこまで行くのは、ほとんど一つの旅だった。茶色い古壁、錆びた鉄の屋根、数知れぬ樋《とい》を思い出す。春のある日、私は初めてそこにやって来た。雪が溶け、銀のコインが鳴るような力強く楽しげな音をたてて流れていた。迸《ほとばし》る輝き、素早いざわめきが舗道を走り、屋敷を囲んでいた。中に入った私は、恥ずかしくて、もじもじしていた。幼い少女が、私の手を握った。ニーナという名前だった。この娘《こ》はその後、私の友達になった。私が玄関に立っていると、叔母が寒さ除けのショールとケープを脱がせてくれた。幼い少女は微笑みながら私を見詰めた。口が大きく、黒い目をしていた。

「子ども部屋に行くのよ」叔母が言った。早くニーナの姉さんと二人きりになり、恋の話をしたかったのだ。

叔母とニーナの姉さんは、二人とも二十歳《はたち》だった。叔母は美しく、滑らかな肌、すっきりしたスタイルをして、知能は一輪の花並だった。ニーナの姉さんは、大柄で青白く、痩せていた。横顔はとても繊細で鋭く、緑色の目をしていた。細長く、草色をした凄く美しいその目は、いくら見ても飽きなかった。ニーナは私に客間を通らせた。こんなに古いお屋敷は、まるで見たことが無かった。部屋が凄くいっぱいあり、全部が小さかった。一つ一つ部屋を横切り、あちこち剥がれてぐらぐらする煉瓦造りの不規則な通路を、上ったり下りたりした。とても楽しかった。至る所、乱雑で、荒れ果てて、ほったらかしにされていたが、同時に、それまで見た家の中で一番暖かく、生き生きとしていた。隅々に埃、蜘蛛の巣、足が不ぞろいな小さな肘掛け椅子、膨らんだ古めかしいトランクがあった。湿気が強く、きつい煙草、湿った毛皮、きのこの匂いがした。子ども部屋の壁は灰色で、滲みが浮かんでいた。

「ニーナの健康がご心配ではありませんか？」

私の養育係のマドモアゼルが言った。

ニーナのお母さんは、ずっしりして優しい肩を竦めて言った。

「いいえ。どうすればいいの？　子どもは元気よ。病気も健康も、神様がお与えくださるのよ、マドモアゼル」

確かに、ニーナはまるっきり病気に罹《かか》らなかった。冷たい床も、湿った庭も裸足で駆けた。食べたいものを食べ、寝るのは夜中過ぎだった。この娘は奇麗で丈夫だった。私はしょっちゅう一日、二日このお屋敷に居続けることになった。雨が降るんで夜帰ると風邪をひいちゃう、風が吹いて嵐になる、叔母と私にはどんな口実でもよかった。必要とあらば、喜んで喉が痛かったり、疲れてしまったふりをした。そこにいるのは、とっても素敵だった！　ニーナの部屋で眠り、明け方に起きて、眠っているお屋敷の中を走った。顔なんか、滅多に洗わなかった。大人達がトランプをせず、眠ってもいない時は、お片づけをした。訪問者達は朝のコーヒーでも、晩餐でも、夜食でも、深夜のお茶でも、四六時中現れた。友人達はソファーの上で寝ていた。お昼頃、廊下で寝巻きを着てうろうろしているぼさぼさ頭の少年達と出くわすこともあった。少年はこんなふうに自己紹介した。

「僕はここの息子の友達だよ」

「こんにちは。ようこそ」私はそう答えた。

食卓は片づく暇《いとま》も無かった。食事は恐ろしく濃厚だったが、素晴らしかった。あるお客達がデザートを終える頃、他のお客達がポタージュを呑み始めた。裸足の家政婦達がお皿を持ち運びながら、食堂から配膳室まで絶え間無く走った。すると突然、誰かが叫んだ。

「何か甘いもんが食べたいなあ……」

「お易い御用よ」お屋敷の女主人は気さくに答えた。そして今度はお菓子が登場した。それからオムレツ、ココア、子どもには牛乳。〝ボルシチをもう一皿いかが？〟そして葉巻の煙の中で、また食べ始める人がいた。同じ部屋でブリッジが始まり、隣の客間からはピアノとヴァイオリンの音が聞こえてきた。

「でも、つまり、あの人たち、全然働かないのかしらね？」マドモアゼルは言った。異邦人の彼女は、独自の人生観を持っていた。

しかし、このロシア人達は、日々のパンを皇帝《ツァー》に、自分達の土地に、神に期待していた。豊かさも貧しさも神様がお与えくださる。健康と病気のように。思い悩んで何になる？

ニーナのお母さん、ソフィア・アンドレイヴナは、私には年が行って見えた。四十台を越えていないはずだが、化粧っ気が無く、コルセットも着けていなかった。この人は丈夫で、金髪で、萎れて、クリームのようにふんわりして色白だった。この人が〝こんにちは〟と言いながら、キスしようと私を引き寄せると、その首辺りに上等なお菓子——オレンジの花、ヴァニラ、お砂糖を思い出させる匂いがした。

お父さんはとても背が高く、痩せていた。だが、多分あんまり背が高いせいで、顔立ちは覚えていない。その人をちゃんと見るためには、私は顔を後ろに反らさねばならなかったが、そうする程の興味は無かった。その人は家族からかなり離れて暮らしていて、お皿に載せた食事を、自分の部屋にしょっちゅう運ばせた。私と会うと、ひんやりした大きな手で頬を撫でた。その人はチェーホフと親しかった。何故かしら、私はそれを覚えていた。大人から聞いたことがあった。その人の机の上に、作家の手紙を納めた小箱があった。自分が死んだらそれを焼くよう、その人は命じていた。自分が不治の病であることを知っていた。そのせいで、退役したのだ。

「どうしてチェーホフの手紙を焼くんです？　後世に残るもんじゃないですか」

私の前で、ある若者が言った。

その人は陰気な様子で、若者をじっと見た。

「ごつい靴で魂を踏みつけにする。奴等が好きなのは、それだ。いかん、大切なものは全て、秘密にしておかねばならん」

このお屋敷には、友人達、貧しい親類達、年老いた家政婦達が住んでいた。十年前、ニーナとローラ――ニーナの姉さんの名前だった――の兄達を勉強させるために、一人の学生がここにやって来た。一月《ひとつき》いるはずだったが、全然出て行かず、学生のままずっと居残った。彼には自分の部屋が無かった。どれだけ広くても、古い住いはいっぱいだった。十年間、彼は玄関の二つの椅子の上で眠り、それに驚く者もいなかった。

サモワールの側、女主人の隣は、彼女の幼友達、クラウディア・アレクサンドローヴナという女性の席になっていた。私の目には、青白くて、年の分からない女性だったが、ある日、私は庭で、その人が髪を梳《と》いているのを見た。

「こちらのお宅じゃ、客間で寝て、寝室で食べて、テラスでお化粧するのね」マドモアゼルはそう言っていた。

嵐の日には、雨水を盥《たらい》に溜めた。お屋敷の女達は皆屋外で髪を洗い、それから陽で乾かした。私はそんなふうにしている、クラウディア・アレクサンドローヴナの髪を見た。それは金色のマントだった。私は身じろぎもせず、うっとりと眺めた。髪は膝まで垂れ、眩い色彩が日差しに輝いていた。ソフィア・アンドレイヴナもそこにいて、藁製の長椅子に半分身を横たえていた。藤色のバスローブを着て、クリーム色の深い胸の辺りを寛《くつろ》げていた。彼女は私の眼差しに気づくと、にっこり笑った。顎がちょっぴり震えた。善良で、優しく、賢そうな雰囲気だった。

「あなたが二十年前にあの人を見ていたら」彼女は自分の女友達を指差しながら言った。「ほんとに若くてね。金髪を大きな二本のお下げに結って、ちょっと頭を後ろに反らしたら、踵《かかと》で押さえられたわ」

彼女は溜息をつき、マドモアゼルの方を向いた。

「人生はあなたが思うより、単純よ。クラウディアと私は娘時分、二人とも同じ男を愛したの。彼は、そう、彼はあの髪と奇麗な顔のせいで、あの人が好きになったのね。ただ、あの人には持参金が無かった。神様が豊かにしてくださらなかったら、何ができて？　若者の両親は、二人の結婚話に耳を貸さなかった。いざこざがあって、涙があって、母親がクラウディアに会いに来て言ったの。〝息子を幸せにして。あなたは身を退《ひ》きなさい、犠牲になりなさい〟って。母親は孤児のあの人を育てていたのよ。その娘の善意に訴えたのね。無駄だったわ。そこである晩、母親は私達三人を呼び出したの。そして、自分はもうじき死ぬって告げたのよ。自分の息子には私と結婚するように、クラウディアには恋を諦めるように命じたわ。だけど、息子と私に、神の御前で、決してあの人を見捨てず、私達の屋根の下で暮らすことを誓わせたの。そして結局、その通りになったのよ。私は若者と結婚した。あなたが知ってる人、つまり私の主人よ。私達は死の床の誓いを守ったわ。それでクラウディアには、この家が終《つい》の棲家《すみか》になったわけ」

　クラウディア・アレクサンドーロヴナが女友達の方を向くのが見えた。涙が頬を伝っていた。彼女はそれを拭い、思いをたっぷり込めて言った。

「あなたは私の恩人よ、ソニア。ご存知ね、私、自分の人生を、あなたとあなたの子ども達に差し上げる。私、最高に幸せだった。あなたがいなかったら、私、どうなっていたかしら？　居場所もパンも無く、もしかしたら、生活のためにレッスンをやらされて！　ああ！　いつの日か、ご恩を返したいわ」

　二人は泣き出し、クラウディアはソフィアの手を取って口付けした。ソフィアはクラウディアを引き寄せ、彼女にキスしてその顔の前で十字を切った。

「神様があなたをお守りくださるわ！　あなたは、家の切り盛りを、援けてくださるじゃないの」

　実際、お菓子が食卓に運ばれると、ソフィア・アンドレイヴナは深い溜息混じりに銀の包丁を摑み、柔らかいパイ皮の真ん中に沈めた。でも彼女には大変すぎて、クラウディアの方にお皿を押しやった。クラウディアはやりかけの仕事を済ますと、会食者達に言った。

「召し上がれ。皆さん、まだ何にも食べていないわ。さあ、召し上がって……」

　皆が自分の分を取り分けると、彼女は言い添えた。

「あなたの、健康に」

　人がくしゃみをした時のように。それがロシア流だ。

　このクラウディア・アレクサンドローヴナには、他にも才能があった。カードで人の運命を占った。

迷信や奇妙な儀式なら何でも知っていた……公顕祭の前夜は、若い娘達の枕の下に鏡を滑り込ませた。娘達は自分が恋する男を夢に見るかもしれない。同じ晩、彼女はローラと叔母と一緒に部屋にこもった。彼女達が水の入った洗面器の中に、燃えている蝋を投げ込むと、蝋は未来を予言する指輪や冠やコインや十字架のような形になった。時折、彼女は二人にテーブル回し*のやり方を教えた。文字や記号や数字だらけの紙の上に、お皿を置く。指先をその縁に置くと、お皿は言葉や文になってテーブルの上を走った。時にはあんまり速くて、地面に落ちないように両手で押さえねばならなかった。幼いニーナと私もこの集会に出たが、私は彼女達の秘密をまるっきり見つけられなかった。クラウディアは呪文を唱えた。死者達に向けた、怒りを避けるための呪文だと、彼女は言っていた。彼女自身、どこまでそれを信じていたのだろう。けれども、結局、私達から見て、彼女は一種神秘的な魅力をまとっていたのだ。人は彼女を敬った。彼女は若者を引きつけた。あの年で、他人に頼っている貧しい親類の身なら、見向きもされないことだってあり得た。だが、そうではなかった。クラウディアのいない楽しみなんて無かった。

＊　十九世紀後半、欧米で盛んに行われた降霊術の一種

「あの人は、愛を引き寄せる魔法を持っているのよ」ローラは私の叔母に言った。

「あの人は、愛を引き寄せる魔法を持ってるの」幼いニーナは大人をまねて繰り返した。八歳の娘に、愛への興味なんてほとんど無かったのに。摩訶不思議から身を守るフランスの教育を半ば受けていた私だけが、半信半疑で答えた。

「考えてみて！　もしあの人が本当に愛される秘密を持ってるなら、あの人、なんで結婚してない

の？」

彼女が魔法の秘密を明かしてくれるように、私達小娘が、一体何度ご機嫌をとったことか。でも、彼女は首を横に振った。

「もっと後でね。おちびちゃん達、大きくなったら」

冬になった。庭園は深い雪に埋まった。テラスの上の明かりに照らされた木々の低い枝が、白くうっすら輝いていた。

雪だらけの犬達が入って来た。客間では人々がトランプで遊び、お茶を飲み、音楽を奏でた。私はブロンズの土台に乗り、赤い傘が付いた丈の高いランプを覚えている。クラウディアは縁飾りのついた絹の大きなショールを肩に掛けて、カード占いをしていた。ショールは赤い傘とほとんど同じ色だった。眠けで痛む私の目に――実際、自分の家ではこんなに遅く寝る習慣は無かった――客間は最後に、ちょっと怖くて暗い場所になった。二つの炎が燃えていた。私はうつらうつらし、それから目を覚まして、こっそりその真紅の絹に透かして光を見た。空気が木苺とワインの優美な色になった！

その間、クラウディアはカードを切りながら、声低く囁いていた。

「心の中にあるもの、魂の中にあるもの、お屋敷で起こること、あったこと、あるだろうこと……」

お屋敷のもう一人のお馴染みを、私達はお医者様と呼んでいた。金髪で細身の男性で、先が尖って赤茶けた短い髭が顔を飾っていた。ぼんやりと夢見るように、その髭を撫ぜた。奇妙に魅力的な眼差しの持ち主だった。長い瞼をいつも半ば伏せ、目の表情は物思わしげで、皮肉で、同時に悲しかった。

この人は、一体いつ往診していたのだろう。昼であれ夜であれ、いっつもその家にその姿があった。

食卓の席をしょっちゅう空けているご亭主よりも、ずっと頻繁にその人を見かけたくらいだ。ニーナはお医者様を〝私の叔父様〟〝セルジュ叔父様〟と呼んでいた。私は知っていたが、二人の間に全く親戚関係は無かったのに。でも、その人は家族の古い友達だったし、そもそも、ロシアの子ども達は自分の両親の家で会う大人達を、〝叔父様〟〝叔母様〟と呼んでいた。そして、確かに、お医者様がいつでもソフィア・アンドレイヴナの隣にいる事も、二人の長い会話も、その沈黙も、私はまるっきり怪しいなんて思わなかっただろう。若い叔母が仄《ほの》めかすように笑いを押し殺し、マドモアゼルがこっそり顎で示しながら、眉を顰《しか》めなかったら。

〝いいわね、黙っているのよ。これ、おかしいわ〟

お気の毒なマドモアゼル！ 彼女は興味と憤慨、それに何より驚きを、同時に感じていた。いつもだらしなくバスローブを引きずっているいい年をした女と、物静かに夢想に耽ってる男は、不倫劇の主人公に似つかわしくない、と彼女には思われた。おまけに、明らかに全て分かっているあのご亭主が諦めているなんて！ ああ、パリの男達の部屋、午後の逢引き、洗練された恋にお似合いの小粋な道具立て！ 最高にお堅いマドモアゼルは、追放の身で故郷の歌を聞くように、ポール・ブールジェ＊の小説の描写に、そんな情景を捜した。ロシアのこの辺りの人達は、未開人だった。そもそも、私はマドモアゼルと私の叔母は錯覚していて、お医者様とソフィア・アンドレイヴナの間に、愛人関係は決して無かったと思う。この人達は、確かに未開人だった。不精なのか、あるいは現実主義なのか、気質が冷たいのか、あるいは他に理由があるのか、この人達はプラトニックな愛で、完全に満足していられた。とは言え、ソフィア・アンドレイヴナと医師の間に愛があったのは、明らかだった。私みたいな子どもでさえ、一度関心が呼び覚まされると、それに気づいた。ソフィア・アンドレイヴナがお医者様を見かけると、その声が掠《かす》れ、それから高まり、響き渡った。ロシアの田舎の習慣では、食事が終わると男は女主人の手に口付けし、女主人の方は男の俯いた顔に軽く唇を当てた。お医者様がソフィア・アンドレイヴナに近づくと、彼女は彼を見詰めた……ああ！　あの眼差しを、何と表現すれば……言いようのない優しさと、私が分からぬまま察した未練とが、そこで溶け合っていた。だが、彼女は彼に口付けしなかった。彼女は微笑み、彼は彼女から離れた。叔母は興味津々でなりゆきを観察していたが、ローラは何も見ていないようだった。その緑色の素晴らしい目は楽しげで、無関心だった。

＊　一八五二〜一九三五　フランスの作家

冬が過ぎ、春になった。春、この地方がなんと美しいことか！　庭園沿いの街路では、菩提樹とリラの香りがした。夜には芝生やひしめき合う木々から穏やかな湿気が立ち上り、甘い匂いを振り撒いた。陽光がゆっくりと消えて行った。屋外の暑さは酷かった。五月には、しょっちゅう嵐になった。その後で、湿った庭を駆け回るのが、どれだけ気持ち良かったか！　ニーナは靴も靴下も脱ぎ棄て、素足で濡れた草を踏みしだいた。バイカウツギ＊の枝を揺すると、水滴が髪に降りかかった。

＊　アジサイ科の低木

時折、夜、嵐が炸裂した。皆、庭園を突如照らし出す強烈な稲妻を見に、テラスに駆け出した。一度、そんなふうに、私達が薄闇の中で客間の敷居にいた時のこと。雨は止んでいた。雷鳴はまだごろごろ鳴っていたが、遠ざかり、ドニエプル川の方に消えて行った。私の叔母がクラウディアに尋ねるのが聞こえた。

「クラウディア・アレクサンドローヴナ、あなた、五月の嵐の後の夜は魔法が効くっておっしゃらなかった？」

その場にいた娘達、若者達は笑いながらクラウディアを取り囲み、彼女にせがんだ。ソフィア・アンドレイヴナは客間に残っていたが、お医者様は着いて来ていた。

「もう一度月が出なくっちゃね、見て、お月様よ！」ローラが叫んだ。

雲間から月の光が洩れた。

「同じように、川か、泉も必要なのよ」クラウディアが言った。

誰かが叫んだ。

「庭園の奥に小川がある！」

「でも、いつも干上がってるわ」

「こんな嵐の後は違うよ」

「そう……」クラウディア・アレクサンドローヴナは話しかけたが……皆が最後まで言わせず、彼女を引っ張って行った。私達、ちび達も勿論、きゃっきゃっと叫びながら、その後ろを走った。

庭園の中は漆黒の闇だった。湿った草の上で足が滑り、木の幹にしがみつくと、娘達が笑った。林間の空き地に小川が流れていた。雲間から、月が見え隠れした。

「月が煌煌と輝くまで、待たなくては」クラウディアは言った。

彼女は小川の畔《ほとり》に跪《ひざまず》いた。私は彼女の直ぐ側にいた。興味津々でじっと見詰めた。彼女の顔は不安そうで、鼻腔が抓《つま》まれたように細くなっていた。確かに、自分の術に没頭していた。

「ご覧なさい、子ども達。これが魔術よ」

最後の雲が消え去り、緑色に見える月の光が私達の周囲に穏やかに漂うと、彼女は言った。

「ようく見るのよ」

彼女はいつも嵌《は》めていて、私がよく見かけた小さな指輪を指から引き抜いた。深紅色のコーカサスの石を飾った質素な銀の指輪だった。彼女が石を月の光に向けると、石は突然、鈍い輝きを放った。彼女は一瞬躊躇《ためら》い、それから何やら私には分からない言葉を呟いた。そして三度、しっかりと指輪を小川に浸した。三度、月の反射が消えた。草の中に隠れた小さな蛙が鳴き、もう一匹がそれに答えた。ローラが突然身震いするのが見えた。

「ああ、この蛙達、なんていう鳴き方……私、怖い。あなたの魔術ってこれなの？　クラウディア。指輪を頂戴、私もやってみたいわ。でもどんな言葉を？」

クラウディアは何事か、彼女の耳に囁いた。ローラは指輪を受け取り、呪文を繰り返した。最初は誰も聞こえないほど小さく、それから叔母にせがまれて、はっきりと繰り返した。

菩提樹の花、狂ったからす麦、黒いマンドラゴラ
三度、三度、三度
喜び、それはいらない
無邪気な幸せ、それはいらない

盲目の情熱が、私を永遠に繋ぎますように……

ローラは言葉を止めた。

「誰と繋ぐの、クラウディア?」ローラは笑いながら言った。

すると、アレクサンドローヴナは、冷たく聞き慣れない声で答えた。

「ああ! お好きなように。ただの冗談だって、よく分かってるでしょ。誰だっていいのよ。例えばあなたが愛せない、お医者様」

ローラは黙った。皆が黙り込んで、息を潜めた。お医者様は、不意に手にしていた煙草を水の中に投げ捨てた。

「何をするの?」クラウディアは泣かんばかりのきつい声で叫んだ。

「火が無くなっちゃうわ、魔法に。水、火、月の光、この三つが欠かせないの。呪文を最後まで言っておしまいなさい、ローラ!」

沈黙を置き、娘は改めて声を上げた。

「盲目の情熱が、私を永遠に繋ぎますように、セルジュと」

「彼の所に行って、指輪を指に嵌めなさい」クラウディアは命じた。

セルジュは彼女を軽く押し退けた。

「止めてくれ、ローラ」

けれども、ニーナと私は悪魔に取りつかれたように、二人の周りで踊った。

「さあさあ、セルジュ叔父様、あなたの指に嵌めさせてあげて。魔法が怖いの？　魔術が怖いの、セルジュ叔父様？」

彼は肩を竦め、手を前に出した。勿論、指輪は小さすぎた。それでもローラは小指の先端に何とか滑り込ませた。その途端、お医者様は炎に火傷したように、それを引き抜いた。

「ああ！　今度は私に頂戴！　私にもやらせて」私の叔母が叫んだ。

だが、クラウディアは消え入るような声で答えた。

「無駄よ。魔法は一度しか効かないの」

それからというもの、彼女はどんな魔法の遊びもやろうとしなかった。でも、呪文を忘れなかった
ニーナと私は、若草で編んだ指輪を一日に十回も川に浸し、馬鹿笑いしながら繰り返した。

「菩提樹の花、狂ったからす麦、黒いマンドラゴラ……」

それから
「盲目の情熱が、私を永遠に繋ぎますように……」

そして、最後に私達は一番それらしく無い名前で締め括った。管理人のステパンお爺さん、算数の先生のイワン・イワニッチ、それとも黒犬のジョウク。

ところがある日、ローラが私達の声を聞いてしまった。彼女は私達の所に飛んできてニーナの肩を摑んだ。

「駄目よ、分かるわね、いやな娘《こ》！　私、あなたが……そんなことするの許さない」

ローラはしどろもどろで、顔は引き攣っていた。妹の耳を引っ張り、わっと泣きだした。ニーナは

口を噤《つぐ》んだ。驚いて目を丸くしていた。

「気が狂ったの?」ローラが逃げ去ると、私に聞いた。「どうしちゃったの?」

分からなかった私は、かくれんぼ遊びしましょ、と言った。

時が経った。二ヶ月か六ヶ月か、もっとだか、覚えていない。ある晩、私達はお人形の服を作るのに、布切れが必要になった。普段はクラウディア・アレクサンドローヴナの所でもらっていた。私は彼女の部屋に駆け込んだ。彼女は窓辺に立ち、胸に手を組んで、暗い庭園を眺めていた。ランプは灯されていなかった。ソファーの上に、ローラとセルジュ叔父様がいた。二人は並んで腰掛け、話はしていなかった。ローラは絶えず手を動かし、目に落ちて来る乱れた髪の房を後ろにやった。

私を見た途端、クラウディア・アレクサンドローヴナは怒り狂ったように見えた。彼女は急に、不可解な怒りを爆発させることがあった。

「ここに何しに来たの? 出て行きなさい!」彼女は足を踏み鳴らして叫んだ。

「ノックもせずに入って来る人がいる?」

でも、私は軽くノックしていた。あなた方に聞こえなかったの、と私は言おうとした。すると、ローラが立ち上がった。

「この娘《こ》を行かせてあげて」彼女は言った。

彼女はランプを着けた。突然真夜中に目覚めた人みたいに、ちょっとふらつきながら歩くのが見えた。首筋に赤い印があった。私はしっかりそれを見た。噛み痕のようだった。でも、またこっぴどく拒絶されるのが恐ろしく、私は黙って部屋を逃げ出した。背後で、乱暴に扉が閉まり、鍵がかけられた。

それから、いつも通り、皆が客間に集まった夜になる迄の事は、もう何も覚えていない。ソフィア・アンドレイヴナ、セルジュ叔父様、それに何人かの友人がトランプをやり、クラウディアはピアノに腰掛け、ニーナと私に何度も連弾の曲を弾かせた。扉が開き、ローラが現れた。なんと蒼ざめて！　彼女は客間を横切り、トランプをしている人達のテーブルの前で立ち止まり、黙ってしばらく見ていた。そして、とうとう母親に言った。

「友達の家に行くわ」

夜、九時になっていた。母親は何も反対せず、友達の名も、何時に帰ってくるかも聞かなかった。言った通り、このお屋敷では、誰もが好きなように暮らしていた。彼女は穏やかに言った。

「それじゃ、神様と一緒に行きなさい」

けれども、この単純な言葉——ロシアの常套句だ——は、ローラに異常な衝撃を与えた。彼女は両手を何度も強く組んだり解いたりした。激しい苦しみを込めて、私達全員を見渡した。誰も何も気づかなかった。連弾の曲は終わっていた。クラウディアは〝楽しき農夫〟の何節かを弾き、それからいきなり、とても甘く官能的な曲を弾いた。泣きたくなり、笑いたくなり、片隅に身を隠して一晩中じっと聞き入っていたくなる旋律だった。ローラが部屋を出た。ちょっと経って、セルジュ叔父様がカードを投げた。

「今夜は病人を診なければ」彼は言った。

彼はソフィア・アンドレイヴナに頭を下げ、彼女が差し出した手に長々と唇を当てた。そして、立ち去った。クラウディア・アレクサンドローヴナは演奏を止め、自分の部屋に消えた。セルジュ叔父様が去って、トランプは終わった。やがて、ソフィア・アンドレイヴナが一人残って、カード占いを始めた。彼女の正面に坐ったマドモアゼルは、小さな襟の付いたきっちりした黒いドレスを着て、薄い胸に金の鎖を下げ、肘掛け椅子に真っ直ぐ背を伸ばして、奇麗なハンカチに刺繍をしていた。私は、ソフィア・アンドレイヴナの声を聞いた。

「……つまり、あれが若さなのよ、ね、マドモアゼル。待って、求めて、間違えて、泣いて、自分を慰めて……それにどんな手助けができて？　親だって、神に祈るしかないのよ」

「天は、自ら助くる者を助く、ですわ」マドモアゼルは言った。

その晩、私はニーナと一緒に寝た。足音と扉のばたんという音で目が覚め、目を開いた。まだ、ほとんど真っ暗だった。私はもう一度眠った。

翌朝早く、ニーナと私は、庭園の奥に小枝でおうちを造る計画を立てていた。早めに、誰にも会わないうちに、お弁当を持ってお屋敷を出た。お昼ごろ、楽しく、髪を乱して帰った私達が、最初に見たのはマドモアゼルだった。

「そこら中探したのよ、あなたを」彼女は言った。「帰りましょう」

「こんなに早く！　なんで？」

彼女は答えず、私を玄関まで引っ張って行った。開いた扉の向こうに、ソフィア・アンドレイヴナが見えた。肘掛け椅子に腰掛け、顔を後ろに仰《の》け反らせていた。蒼ざめ、やつれた顔に涙が流れていた。膝の上に一通の開いた手紙があった。そして突然、クラウディア・アレクサンドローヴナの笑い声が聞こえた。甲高く、調子はずれで、引き攣った笑い声は、慟哭と呪《のろ》いで終わった。ソフィア・アンドレイヴナが身を起こした。

「助けて！　助けて！」クラウディアは夢中で叫んだ。

いつもイギリスのかぎ塩*の小瓶――私は何度銀の栓を取り、くしゃみを誘うその匂いを嗅いで楽しんだことか――を携えているマドモアゼルは、クラウディアに駆け寄った。そして私は勿論、喜び勇んで彼女に従った。

＊　イギリスで上流階級の婦人たちがきつけ薬のように使っていた薬

クラウディアは腕を振り回した。衝撃は見せかけでは無かった。少なくとも、私はそう思う。息が苦しそうだった。彼女は繰り返した。

「私のせい！　私のせいだわ！　神様、私をお罰しください！」

「あなたに、何ができて？」ソフィア・アンドレイヴナは彼女の髪を撫でた。

「母親だって分からなかったし、何も見抜けなかったのよ。あなたに何が分かった？」

クラウディアはもう一度言った。

「私のせいよ。この私だけの」

それから
「私、これで死ぬでしょう」

その間に、マドモアゼルは彼女にかぎ塩を嗅がせ、渡してやった。それから、彼女の傍らに立って、冷ややかに見詰めた。

「この人が心配だわ」ソフィア・アンドレイヴナがマドモアゼルに言った。

「奥様、私があなたの立場なら、心配致しません」マドモアゼルはそう答えた。

「ああ！　でも、あんなに献身してくれたのに、あんなに心を込めて……こんな不幸で死ぬなんて……私のように」ソフィア・アンドレイヴナは疲れきった声で、そう言った。

玄関から、半分開いた扉越しに、ニーナが私に合図を送ってきた。私はニーナと一緒になった。

「何があったの？」

「知らない」ニーナはとても小さな声で言った。

「私、分からないわ。ローラがセルジュ叔父様と逃げたみたいよ。もしかして、あの二人、結婚するのかしら？　私、なんでママが泣くのか分からない。私だったら、とっても嬉しいのに」

私達はちょっと話し合い、合意に達した。ソフィア・アンドレイヴナは、この話が自分に相談も無く、秘密にやられたから怒っている、と。

それに結局、この話は全て、私達と関係が無かった。一種の迷惑さえ感じた私達は、事件の騒ぎを利用して、長いこと練り上げ、ずっと延期してきた計画を実行した。厨房に潜り込んで、私達流に変えてしまった。塩とお砂糖を入れ替え、氷室に石炭を、大鍋に子猫達と一緒に雌猫を入れた。

「料理女が蓋を開けたら、猫達が顔に飛びかかるわ。氷の中に魚を入れたら、真っ黒焦げになっちゃう。あの人、呪いをかけられたって思うわ。いっつも、クラウディアの魔術の悪口言ってるから」

それで突然、私は火と水と月の光の魔法を思い出した。その時は何も言わなかったが、しばらく後、マドモアゼルと家に帰る電車の中で、私は彼女の傍らに忍び寄り、その耳に囁いた。

「私、なんでクラウディア・アレクサンドローヴナがあんなになったのか、知っているのよ」

「なんでなの？」マドモアゼルが尋ねた。多分、いつものように〝イレーヌ、あなた、大人たちのことに首を突っ込み過ぎよ〟と答えるには、興味があり過ぎた……

私は嵐の後、小川の畔でやった魔法遊びの話しをした。

「本当なの、マドモアゼル？　あの人、魔法を知ってるの？」

「いいえ、馬鹿げたお話ね」

「だったら、なんであの時まで、ローラとセルジュ叔父様はお互いの事を全然思っていなかったの？」

「じゃあ先ず、あの二人がお互いの事を全然思っていなかったって、どうして分かるの？」

今度は私が驚かす番だった。私はとても偉そうに肩を聳《そび》やかした。

「恋してる人が、分からないみたいね！」

マドモアゼルは溜息をついて、黙り込んだ。

彼女の反応に気を良くして、私は続けた。

「確かに、全部あの人の仕業《しわざ》よ。それで今、あの人、後悔してるんだわ。だって、あの魔術、神様に禁じられてるんですもの。あの人は泣いて、悔やんでる。そういうことよ」

マドモアゼルは、私にははっきり分からないけれど、感じの悪い目で私を見下ろした。私は皮肉られるのが大っ嫌い。だいたい、私が何かおかしな事を言った？

「きっとそうだわね」彼女は言った。

ローズ氏

彼は猫のように用心深く、静かだった。人生は平穏で、結婚せず、金持ちだった。子どもの頃から、人をからかうような尊大な雰囲気があり、敬意を抱かせた。世間は馬鹿だらけと思っているように見えたし、事実、そう思っていた。そうとしか思えなかった。五十過ぎで、太って健康そうな頬、甲高く威圧的な声、冷やかで控えめな物腰、鋭い才気の持ち主だった。良いワインセラーを持ち、少数の友人達に素晴らしい食事を振舞った。一人の男を十分知るには、食卓に着いた時か、好きな女を前にしたところを見なければならない。果物を剥く時も、女の手を撫でる時も、ローズ氏には同じ穏やかさ、同じ説得力のある用心深さがあり、同じ繊細だが、足りない欲望を表していた。

彼は誰も深く愛さず、誰も憎まなかった。あんなお気楽な男はいない、と言う人もいた。自分の財産は見事に管理した。若い頃は大いに旅をしたが、今は、もうそれも楽しくなかった。マルゼルブ通りの生家に住み、昔子ども用のベッドが設《しつら》えてあった部屋の、ちょうど同じ角で寝ていた。単調な隠遁生活には、彼だけが知る楽しみがあった。簡素な楽しみを愛していると思っていた。散歩、そぞろ歩き、読書、毎晩同じ静かなバーで同じ時刻に飲《や》る同じ酒、子どものお菓子——フォンダン、チョコレート、小さなボンボン、彼は一つのプラリーヌ＊も疎《おろそ》かには選ばなかった。半ば目を閉じて、しばしピンクの袋の中を見つめ、軽い溜息をついて一つを取ると決め、繊細にそれを賞味した。運を信じず、自分の人生を計算し、計量し、前もって調合しなければならない、と考えていた。楽な事ばかりでは無くとも、彼はしっかり悪運を受け止め、根気強くそれを修正した。

＊　アーモンドに煮詰めた砂糖を絡めたボンボン

彼の最大の関心は自分の金を何処に投資するか、如何に重過ぎる税を避けるかだった。彼は早い時期から、一九四〇年の戦争を予想していた。夜毎、パリのサロンで、夜会服を着た二十人もの似非《えせ》預言者共が声高に世界の終わりを告げ始める前から。一九三〇年から用心の手を打っていた。いつもうまくいった訳ではなかった。〝羽を何本か失くしたよ〟一九三二年、彼は親しい者達にそう打ち明けた。〝でも、丸ごと失くすよりましさ〟とても早くから、パリで持っている不動産を売ろうと考えていた。マルゼルブ通りの屋敷もその一つだった。空からの爆撃が怖くて、と打ち明けるのは、ちょっと恥ずかしかった。もっとも、そんな理由に関心を持つ者はいなかった。慌てず騒がず、彼は良い売り買いをやってのけた。いつも通り、過度の損得無しに。ルーアンから遠からぬノルマンディーの素晴らしい一隅を選び、大きな庭園に囲まれた住み易く美しい屋敷を買った。アンシュルスの時、[*1] 磁器のコレクションをそちらに移し、一階の客間の二つのガラスケースに並べた。ドイツ軍がプラハに侵攻すると、ローズ氏はガラス品と画を荷造りさせた。書物と銀の食器はミュンヘン会議[*2]の少し前に送っていた。彼はガスマスクを最初に入手したフランス人の一人でもあった。それでも、彼はオプティミストをもって任じ、全てなんとか収まると、進んで言い切っていた。

＊1　ドイツ語で接続・合併の意。ここでは一九三八年のナチスドイツによるオーストリア併

合を指す。

＊2　一九三八年九月チェコスロバキアのズデーテン地方の帰属を解決するためにミュンヘンで開催された国際会議。イギリス、フランス、イタリア、ドイツの首脳が出席。

ローズ氏には許婚《いいなずけ》がいた。彼の眼鏡に適《かな》った、奇麗で、エレガントで、愚かで、気立ての良い娘だった。世間の男並みに、かつて一人の女につかまりそうになった事を、彼は忘れていたかった。一九二三年、ヴィッテルでのことだった。彼はある娘と恋に落ちた。人生で初めて、彼は二十歳の娘に目をくれた。彼を診察していた医者の姪で、お情けで引き取られた孤児だったが、愛されず、医者は一刻も早く結婚させたがっていた。彼女は初々しく、黒い髪、微笑んでいるような素直な目、美しい口元をしていた。彼は一目で、彼女が気に入った。彼女は彼の中に、奇妙な感動、渇望の念と、どこか見下すような憐れみを呼び覚ました。彼女は子どもの上っ張りのようなぴちっとした簡素なピンクのドレスを着て、髪に丸い櫛を刺していた。ある日、チャリティのお祭りの機会に、彼女はルシー・マイヤール（Lucy Maillard）と署名した手紙を彼に書いた。この〝y〟を見て、彼は微笑んだ。多分彼女はこうやってLucieというプチブルらしい名前を引き立てたかったのだ。どういう訳か、そんな下らぬ趣味が彼を魅了した。ナイーブで、滑稽で、素晴らしかった。夢への飛躍、おずおずとした変装の試み、脱出への期待、ローズ氏の目に、それはそう映った。

娘と再会した時、彼は名前の綴《つづ》りと、爪に塗った赤いマニュキアをからかった。彼女は爪をしょっちゅう口に運び、小娘のような元気で粗野なしぐさで噛んだ。それから自分の年を思い出し、赤くなってローズ氏に煙草を求めた。彼女は煙を吸い込まず、顔をしかめ、慌てて投げ捨てた。若々しい口を尖らすと、ローズ氏にはそれがプラリーヌと同じくらい新鮮で甘そうに見えた。実際、彼は一度そこにキスしていた。公園で、彼女に会ったことがあった。黄昏時で、二人きりだった。どんな顔をするかと思いながら、彼がさっと彼女にキスすると、彼女は彼を見上げ、震える声で呟いた。

「私がお好き？」

彼女はとても自信無げだった。励まされ、褒められ、愛される事を切望しているようで、彼は改めて彼女に憐れみを感じずにいられなかった。彼は〝君〟と呼んで、二本の指の間に彼女の首を挟み、力を込めた。ローズ氏の手の中で、か細い首が軽快に脈打っていた。それは鳥の体の温もり、脈動を思わせた。彼はとても小さな声で言った。〝僕の愛しい小鳥ちゃん〟二人は一緒に歩き、彼はもう一度彼女にキスした。今度は彼女もキスを返した。彼女はそっと尋ねた。

「私を愛してくださる？　本当に？　きっと本当？　家じゃ、誰も私を愛してくれないの」

その時、彼は自分の住いに彼女を招いた。下心は無かった。ただキスしたかっただけだが、彼女は彼を見詰めて言った。

「あなたが私との結婚を望んでくださったら……ああ！　あなたはお望みじゃないわね、きっとそうだわ。私、そんなに奇麗じゃないし、お金持ちでもないのは、よく分かってるの。でも、あなたが望んでくださったら……どんなにあなたを愛すでしょう！」

彼女は彼の手を摑んで言った。

そして彼女は身を屈め、摑んでいる手に口付けした。彼女の仕草、匂い、黒髪、その全てにローズ氏は激しく動かされ、娘を引き寄せ、結婚する、愛していると言った。

「君は自分の家で不幸せ？」

「ええ、ああ！ そうだわ」彼女は言った。

「よし！ これからは幸せになれるぞ。約束する。君は僕の妻になる。僕は君を幸せにする」

一時間後、彼女が立ち去った時、二人は婚約していた。彼は一人になった。段々と、理性が戻ってきた。僕は何をやったんだ？ 彼は公園の中を彷徨《さまよ》った。晴れた黄昏《たそがれ》が翳っていた。雨になり、彼は自分の住いに戻った。彼は、夜になったら外に置いておけない妻と一緒にいる、マルゼルブ通りのアパルトマンを思い浮かべた。自分の食卓に、いつも一人の女がいる。自分のベッドに一人の女がいる、自分はそれを望むか、否か。毎晩そうするように、彼は寝室の扉に差し錠をかけた。彼は突然、こんな単純な動作が、夫婦の間では異例で、ほとんど侮辱になると思った。そんなふうに、自分は決して一人きりでいられない。彼は未だ若かった。いつか、子どもだって出来てしまうだろう。これから何だってあり得る。一人の妻、子ども達、一つの家庭。

「馬鹿な」彼は大声で言った。「馬鹿な」

彼は長椅子に倒れこんだ。目を閉じ、思いを凝らし、そして声を発した。

「無理だ」

彼は跳ね起きた。こんなに敏捷だったことは、決して無かった。鞄を部屋の真ん中に引きずり、荷造りを始めた。翌日、彼は出発した。逃亡したのだ。奇妙なことに、彼は直ぐにこの出来事を忘れてしまった。十年の間、ルシー・マイヤールの記憶が甦って煩わされたことは一瞬たりと無かった。その間、一九二五年に彼女の結婚を知り、三年後、その死を知った。二つの出来事は医者からの通知で告げられたが、最初の知らせには深い無関心、次の知らせにはありふれた同情しか感じなかった。だが、いつ頃からか、彼女の夢を見るようになり、年をとるにつれ、それが益々頻繁になった。ありがたいことに、夢は直ぐに消え、頭痛のようなごく軽い不快感しか残らなかった。朝、薄い紅茶を何口か飲むと、それも消えた。

そして、一九三九年になると、ローズ氏はもう夢を見なくなった。眠ること自体、徐々に減ってきた。揺れ動き、移ろう世界の中で、かつてのような確かな足取りで歩むことが、いかに難しいか。ローズ氏は大きな災厄を予想していた。彼は嘆いたが、自分の道からも他人達の道からも、それを遠ざけることは出来なかった。当然、彼の心に残るのはただ一つ……自分自身、その安楽、財産への不安だった。

彼は誰にもそれを洩らさなかった。そうした感情は心の奥底に、曖昧に秘められたままだった。ローズ氏は決してシニカルではなかった。皆と同じように必要事を語り、犠牲の高貴さを称えた。彼は進んで、力を込めて、市民の権利と義務を語った。だが、心中、彼自身と他人達の間に、根本的な違いを設けていた。義務は他人達に任せ、自分は権利だけを守った。彼にあって、それは自然な姿勢であり、ほとんど一つの本能だった。見るもの、聞くもの、読むもの、全てを、結局は自分に結びつけずにいられなかった。自分の利害を通して、世界を見ていた。利害は世界の運命次第だったから、彼にとってそれは至極重要だった。そんな風に、彼は落ち着いた意識を持っていた。ヨーロッパの運命が眠りを妨げ、そうして心の平和を放棄することで、結局自分の最も大切なものを引き渡した事は、容易に納得した。それ以上、彼に何ができただろう？　もう若くはなく、子どももいなかった。そもそも重税に苦しんでいた。それで十分だった。

〝できる限り守らねば〟ある日、彼は決意した。

どうやって自分の金を守るか？　彼に言わせれば、イギリスもアメリカも確かな避難所ではなかった。じっくりと、慎重に、巧妙に、人生経験の全てを投じて、彼は思い巡らした。ヨーロッパと世界の全ての国々を一つ一つ比較した。彼に金庫を提供するには、どこも充分に堅固ではなく、充分に防御されていないと思われた。最終的に、彼は自分の資産があるノルウェイを選んだ。

宣戦布告の時、彼はノルマンディーの自宅にいた。新鮮な牛乳を飲み、薔薇の手入れをしていた。そうして、十一月に、マルゼルブ通りに再び姿を現した。ある種の出発話には笑えた。

「本当に、奥さんをエローに追い払ったと？　何と面白いお考えで！」

「で……あなたの方は？」

「ああ！　私ですか。バカンスを延ばしただけですよ。九月は本当に美しかった！　もっと言えば、私は完璧に平静です。何が起ころうと、完璧に無関心ですな。私のような年取った独り者は……」

彼は食卓に置き忘れていた金糸で結わえた紙袋をさりげなく手に取り、透き通った砂糖にくるんだ胡桃の実を一粒取って味わった。最後にこう締め括った。

「人の役にも、自分の役にもたたたん。……もうたくさんですな。私は二つの戦争を見たんです。血まみれの世界がつくづく嫌になりますよ」

こうして冬が過ぎた。今や春になり、パリがこれほど美しかったことは無かった。空気の中、空の中に、もの悲しく、優しく、輝かしい何かが漂っていた。それほど純粋で貴重な美の精髄に、ローズ氏は思わず、出発を日々遅らせた。

とはいえ、彼は極めてはっきりと計画を練っていた。一九四〇年の夏はノルマンディーの田舎で、静かに過ごそう。それからイギリスをちょっと旅行しよう。しばらく前から疲れ切っていた。確かに、ノルウェイの戦争は彼には痛手だった。何もかも失くした訳じゃあない、彼はそう願い、確信していた。だが、結局……それでも、彼は熟慮し、筋道を立て、慎重に、合理的に振舞った。だが理性も慎重さも、少しずつその力と、かつての効力を失っていた。この狂気の世界と触れ合ううちに、乱れ、狂ってしまった。ある空気の状態の中では、精密機械も故障するように。

幸いにも、ローズ氏の財産はノルウェイの災禍でも、減っただけだった。まだ、存在していた。ノルマンディーの屋敷も、磁器も、絵画も、株も、金《きん》も残っていた。それでもやはり、彼はちょっと恋人に裏切られたような、怒りと苦々しさを感じていた。田舎の孤独も、同じように憂鬱だった。この素晴らしいパリの春の方が彼の気分に適っていた。

彼を遂に発たせるには、六月十日の夜が必要だった。よく眠れなかった。二度サイレンで目が覚め、ベッドから動かなかったが、沈黙の中の怒号、エレベーターに急ぐ隣近所の足音、ごく間近な砲撃音に眠りを妨げられた。朝、深い眠りの中で、何かを探している夢を見た。何か分からなかったが、見知らぬ家の中で、扉がばたばたして、床の上に藁屑と包装紙が散らかっていた。扉の向こうで誰かが彼に急げと叫んでいたが、彼の方はとても大切な、とても貴重な人か物を必死に探していて、見つからなかった。出発を迫られ、彼は夢を見ながら泣いた。夢の中の不安は、目覚めた彼の心臓が未だどきどきする程激しかった。夜の出来事を人から聞いて、彼は暗澹となった。発たねばならなかった。ノルマンディでも、平穏は見出せなかった。お笑い種《ぐさ》だと、分かっていた。こんな平和な田舎で、どんな危険に怯えるのか？　もっとも、彼が感じたのは不安ではなく、一種の悲しみだった。老いた、と彼は感じた。自分の年以上に老いてしまった。彼は最早、地上の自分の居場所にいなかった。つまりは一人の生き残りに過ぎず、過去の時代の慣習、趣味、願望と共に、絶滅に瀕する種族だった。この瞬間、他に必要なものがあったが、彼にはそれが何か、分からなかった。もしかしたら、若さなのか？　だが、もう若くはなかった。彼が若かったことは、決してなかった。

こんな風に、彼は待った。

長くは待たなかった。戦争はローズ氏の平和な避難所まで、一っ飛びしただけだった。身構えた野獣が、藪の外に飛び出すように。彼は再び、出発を迫られた。大変な注意を払い、大変な苦労をして置き、掛け、ラベルを貼り、しまった物の全て、銀の食器、書物、株券、金、全てをひっくり返した。一部を地面に埋め、他の物を車に詰め込んで、ローズ氏は道を辿った。

「昨日、発つべきだったね」運転手のロベールは言った。

ローズ氏はこの男を、戦争の勃発以降しか、使っていなかった。以前の運転手が召集され、代わりに雇い入れた。貧弱な赤毛の小男で、兵役を全て免れていた。運転はうまく、給料泥棒ではなさそうだった。だが、ローズ氏は、ましなのがいないので、どうにか我慢しているだけだった。ロベールの声には下町訛りがあり、物腰は無礼ではなくとも、投げやりだった。今、ローズ氏は益々彼が不愉快になってきた。ぶつぶつ不平は言うし、肩を竦めるし、ほとんど乱暴な返事をした。

夕暮れになった。ローズ氏は空腹だった。こんな災禍の中で、これほど強く、健康で、率直な思いになれて、ローズ氏は驚いた。

「村が見えたら、直ぐ停めるんだ」彼は運転手に言った。

彼にはロベールの襟首と、青い帽子から覗く赤毛しか見えなかった。

ロベールは何も答えなかった。だが、赤らんだ大きな耳がちょっと震えた。背中を屈めたようで、襟首に皺が寄った。何のまねか分からなかったが、何も言わず、背中で酷い不同意と酷い皮肉を表していた。ローズ氏は色をなして怒り、叫んだ。

「直ぐに停めろ！」

「ここで？」

「そう、ここでだ。腹が減った」

「何をお食べになるんで？　旦那。レストランは見えませんぜ」

「農家が見える。こんな時につべこべ言うな」ローズ氏は悲しく、厳しく言った。

「停めるなあ、お安い御用ですがね」ロベールはせせら笑った。（未曾有の渋滞に巻き込まれて、車は一時間動いていなかった）「また出発するなあ、厳しいよ」

「言う通りにしろ」ローズ氏は言った。

「降りてあの家まで走るんだ。買えるものを買え。パンでもハムでも果物でも……ああ！　そうだ、ミネラル水も一瓶。喉が渇いて死にそうだ」

「俺もでさ」ロベールが言った。

帽子を目深に被り、彼は椅子から降りた。

〝代わりもいるんだ。明日からは容赦せんぞ〟ローズ氏は思った。

明日から……明日は何処にいるんだろう？　ここから遠からぬ途上に飛行場がある事を知っていた。もっと向こうにキャンプが、さらにその向こうに鉄道の線路、橋、大きな工場がある事も。夜になった。道路の隅々に危険が潜んでいた。ルーアンが焼けたと聞いた。屋敷はどうなった？　今朝発ったばかりで、まだここからえらく近い、それが、もう灰と化したかも知れない。だが、不思議にも、時が経つにつれ、彼は棄ててきたもののことを、少しづつ考えなくなった。もし、全て失くしたんなら、しようが無い！　命が残ってる。自分の命を救うんだ。こんな時、未来は目が回る勢いで縮こまる。彼はもう来年も、来月も思わず、今日を、今夜を、今この時を思った。それ以上、何も求めなかった。腹が減り、喉が渇いていた。一切れのパン、一杯の水以外、何も望まなかった。食糧を持ち出そうと考えなかったとは！　何もかも考えたのに。屋敷に鍵をかけ、手紙や仕事の書類を整理し、衣類も、剃刀も、艶出ししたカラーも忘れなかった。だが、食べ物が何も無い。ロベールは戻って来なかった。農家は空き家のようだった。皆、逃げてしまったのか？

ロベールが現れ、そっけなく言った。

「誰もいねえ。答えがねえ」

「もっと行ってみよう。家が見つかったら、直ぐにだぞ」

長い間、彼等はその場に留まった。やっと、車の列が動き出した。ローズ氏は窓ガラスを叩いた。

「ここだ。灯りが見える」

ロベールが降りた。ローズ氏は膝の上で〝森の兵隊さんの行進〟を叩いた。時が経った。ロベールが手ぶらで戻ってきた。

「何にもねえ」

「何にもだと？　住んでるもんがいるだろうが」

「荷造りの最中だ」

「それでもパンの一切れかチーズかパテか、何か食うもんぐらい残ってるだろうが？」

「何もねえよ」ロベールは繰り返した。「旦那、考えてみなよ。こんな道の有様だぜ……明日まで食うもんなんてねえよ……ひょっとしたら来週までな。俺を信じねえなら、旦那が自分で見に行くっきゃねえな」

もう、ローズ氏は車から出ていた。

「当たり前だ。お前は下手糞過ぎる。偉そうに嫌味な口を叩いたんだろ――お前はいっつもそうだ。人は獣じゃあないんだ、この野郎！　近くの人間に一切れのパンくらい拒まん。それにこっちはお恵みを求めてるわけじゃないぞ！」彼は激高して、言い放った。

彼は押し合いへし合いしている車の間を、どうにか切り抜けて行った。ヘッドライトは消えていた。人々は頭を後ろに仰け反らせ、星から星を掠める一つの影を不安そうに目で追っていた。雲なのか？敵機なのか？

エンジン音が聞こえたような気がしたが、群集から鈍いざわめきが絶えず空に立ち上っているだけだった。足音、話し声、自転車が道路の石を擦る音、無数の押し殺した切れ切れの息遣い、時々、子ども達の泣き声。ローズ氏は悪夢から覚める時のように、ほっとしながらそこを離れた。奇跡によって何世紀も前に突き落とされ、かつての人間の大移動に混ざってしまったような気がした。恐怖と恥辱を感じた。普通なら思いも寄らない速さで、農場の道を上った。ロベールは嘘をついていなかった。部屋の中で、彼は、泣きながら広げた毛布に肌着を投げ込んでいる二人の女を見た。年取った女が戸口に立ち、出て行くところだった。腕に二人の子どもを抱え、他の二人がスカートにしがみついていた。台所の食器棚は開けっ放しで、空っぽだった。

「何にもありませんよ。旦那様、すいませんが。もう、何もありゃしません。自分達のソーセージが少しと、子ども達の牛乳が残ってるだけです。それで全部。私達、もう出て行くんです」

ローズ氏は謝って、引き返した。

〝ロベールを見つけるのは骨だな〟土手の上から、眼下をのろのろと流れる黒い流れを眺めながら、彼はそう思った。屋根の上にマットレスを括りつけた自動車は、どれも同じように見えた。多分、車はちょっと進んでいた。もうどれか分からなかった。彼は何歩か進んで呼んだ。

「ロベール！　ロベール！」

最初、威張っていた声が、不安げに、怯えたように、哀願するように弱々しくなった。答えは無かった。ロベールは彼を見棄てていた。自動車、鞄、銀の食器、衣類諸共行ってしまった。

「悪党！　盗人《ぬすっと》め！」ローズ氏は我を忘れて怒鳴った。

彼はよろけながら、土手の上に駆け上り、警官か、憲兵か、言いつけられる誰か、自分を守ってくれる誰かを闇雲に探した。だが、いなかった。誰もいなかった。皆、逃亡中で、彼どころでは無かった。

ローズ氏はとうとう青息吐息で、草の上にへたり込んだ。胸に手を当てると、そこに財布があり、ほっとした。自分の土台をまた見つけたようなものだった。しっかり支えられた気がした。世間の中の、自分の場所を取り戻した。

「勿論、過ごし難《にく》い一夜に過ぎん。明日直ぐ訴えれば、ロベールはぶち込まれる。あいつは国境を越えられるわけが無い。フランスにいれば、必ずあいつを見つけてやる」

町か村に着くまでの事だった。だが、どうやって？　周辺の路上では、自動車、トラック、軽自動車、サイドカー、荷車がのろのろと進んでいた。小荷物、荷箱、乳母車、自転車は、本当に壊れやすく、頼り無い寄せ集めに見えた。坐る場所も、しがみつく場所も何処にも残っていなかった。駄目だ。居場所は無い！　そしてもう歩行者の群れに引きずり込まれていた。

「ようし、歩いて行ってやる！」彼は声を上げて言った。

「車をとられちゃったんですか？」

彼の側を歩いていた若者が尋ねた。

「僕は自転車を……」

最初、ローズ氏は何も返事をしなかった。見知らぬ者と会話する習慣は無かった。彼は若者を見た。十六、七でとても大柄で、がっしりして、頑丈そうだったので、ローズ氏は思った。〝こいつは役に立つぞ〟

強い筋肉、固い拳だけが価値を持った古い時代に戻っちゃいないか？　この若者なら、わしを援け、歩みを支え、食べ物を探し、宿を見つけられるかも知れん。

ローズ氏は口を利くことにした。

「そう、運転手にまかれちまった、ふざけおって。で、君の方は……？」

「ああ！　パンクを直すのに、手を貸してくれって頼まれましてね。自転車を溝に置きっ放しにして、戻ったら、もうありゃしない。幸い、足は丈夫ですがね」

「そう、そりゃ幸いだな。遠くから来たのか？」

「学校からですよ。こっから五十キロです。皆、自分の家に戻されたんです。先生の一人と一緒に発つはずだったんです。でも、最後に酷い事になっちゃって、先生は見つかりませんでした。爆撃をくらったんです。僕は発ちました」

「家族は？」

「田舎にいますよ。トゥールの側です」

「一緒になるつもりなのか？」

「そう、原則は……そのつもりで出て来たんですが、でも、あなたに言わなきゃいけませんね。今は考えを変えました。僕は十七です。兵役に就けるんです、僕だって。それで、戦争が始まった時、親父に言ったように、これからは、英雄的な人生と安易な人生のどっちかを選ばなきゃいけません」

「こっちは、完全に選ばれちまった」

路上の石に躓《つまず》きながら、ローズ氏は苦く呟いた。

若者は微笑んだ。

「そう、勿論、あなたのお年じゃ、そりゃ厳しいですね。でも、僕は軍隊に加わるつもりです。オルレアンの近くにキャンプがあるのを知ってます。僕は志願します。男は皆、戦わなきゃいけません」

「君は何という名だね？」ローズ氏は尋ねた。

「マルクです。マルク・ボウモン」

「パリ住いかね？」

「そうです」

二人はしばらく黙って道を辿った。一時間が経ち、さらに一時間。これ以上群集が増えるのは不可能と思われたが、道という道、四辻という四辻から、人影が現れ、初めの難民に加わって、黙々と進んだ。実際、人々はほとんど口を利かなかった。不平も、泣き声も、叫び声も聞こえなかった。一人一人が、本能的に、歩くために息を節約していた。ローズ氏の足は痛み、歩くのが辛かった。

「僕にもたれてください。心配いりません、僕は強いんです。もう無理ですよ」

少年は言った。

「休みたいんだが……」

「お望みなら」

二人は溝に倒れこみ、即座に、若者は眠った。ローズ氏は疲れるとかえって心が昂揚し、眠りを逸する年になっていた。彼はじっとしたまま、時々手で目を擦った。

「何たる悪夢だ」彼は無意識に繰り返した。「何たる悪夢だ……」

夜はすぐに過ぎた。六月の夜は短い。朝になると、二人はまた歩き始めた。食べ物は何も見つからなかった。どこにも泊まる所が無かった。人々は草原や道端や森で眠った。二日後、灰色の肌着、皺くちゃの服を着て、埃だらけの靴を履き、昨日の晩から顔も洗わなければ、髭も剃っていないローズ氏は、一介の浮浪者に見えた。

「こんなふうに、歩いてトゥーレーヌまで行くんでしょうね」マルク・ボウモンは言った。

ローズ氏は金切り声で抗議した。

「歩いてだと！　歩いちゃ行けん！　そんな馬鹿な！　君、話しを大袈裟にしちゃいかん。嘆かわしい妄想だぞ。君は後から子ども達に言うんだ。〝一九四〇年の大脱出じゃ、俺はノルマンディーからトゥーレーヌまで歩いて行ったんだ〟本当に歩くのは一部だ。他はトラックか自動車、自転車とかそんなもんで行くんだ。純粋な悲劇なんぞありゃせん。いいか、いつだって変化とか、段階とか、ニュアンスが伴うもんだ」

ローズ氏は転び、また立ち上がりながら言った。膝が膨れ上がり、益々歩くのが難しかった。

実際、夕暮れ近く、二人は通りがかりのトラックに乗せてもらった。湿ったシートの下に、パリの工場を退去した女工達が収容されていた。雨が降り、ぞんざいに張った布から水が漏れ、女達の首に滴り落ちた。彼女達は折り畳み椅子を持って来ていた。驟雨に背を屈め、じっとしていた。足下に荷物があり、膝に子ども達が乗っていた。ローズ氏とマルク・ボウモンは二人で一つの折りたたみ椅子と、一本の傘を分け合った。開いた傘は、でこぼこ道を通る度に揺れた。しばらくすると、二人は草原の端で拾い上げた子ども達に、場所を譲らなければならなかった。幸い、雨はもう降っていなかった。二人はまた歩き、また眠った。見捨てられた農場で卵を見つけて生で呑み、のろのろ道を辿った。

村に入ると、兵士達が彼等に食べ物をくれ、戦いになるから直ぐ立ち去れ、と言った。兵士達は彼等の中に、マルクを受け容れようとしなかった。〝気の毒だが、足りないのは人じゃない、武器なんだ〟

ローズ氏とマルクは再び出発した。

マルクは、少なくとも、眠ることはできた。地面に横になったとたん、死んだように眠った。だが、ローズ氏が見つけられるのは、二つの悪夢に挟まれた、束の間の休息と忘却だけだった。彼は自分の道連れを、まじまじと眺めた。この少年にはどこか、哀れなルシー・マイヤールの面影があった。彼は何故か、二人の血の繋がりを想像し、少年に母親の名前を尋ねてさえいた。だが違った。何も無かった。生きている若者と死んだ娘に繋がりは無く、二人の若さがローズ氏をそんな気持ちにさせただけだった。かつてのルシーのように、マルクは彼に、苛立たしくも、ほろりとする憐れみを感じさせた。マルクは絶えず、子どもを抱え、落した荷物を拾い集め、先々で偶然見つけた自分の僅かな食べ物を分け与えてやろうとした。五日目に、彼は腕時計を失くしてしまった。ローズ氏はせせら笑った。

「当たり前さ。女のバッグを森で探してる最中だ……奇麗な女ならまだしも……あんなでしゃばりの年増の……こんな調子で、自転車も盗まれちまったんだ。生きてる間、君はずっと盗まれるぞ」

「ああ！　そりゃ、僕一人じゃないでしょうね」マルクは言った。

彼は笑った。笑うことを、知っていた。彼は痩せていた。血色も悪かった。飢えていた。それでも、彼は笑ったのだ。

「それがどうしました？」

「自転車があれば、命が助かったかも知れん」

「ああ！　それでもやっぱり、僕は行きますよ！」

「そうだな、勿論、勿論……わしも同じだ、わしだってそうしたい。だが、何たるざまだ！」

人生は益々悪夢に似てきた……レストランにも、ホテルにも、個人の屋敷にも、最早一つの部屋、一台のベッド、身を置く一メートル四方の土地、口に入れる一切れのパンのかけらも無かった。シャルトルの兵舎の戸口で、難民達にスープが振舞われ、自分の分を受け取ったローズ氏は随喜の涙を流した。

彼等は南に、ロアールに向かっていた。たどり着ける訳が無い、と思われた。ある晩、叫び声が上がった。〝逃げろ〟爆弾が落ちた。マルクとローズ氏は小さな壁に隠れて、大地に身を伏せた。ローズ氏は爪で地面を掘った。そこに入り込んで隠れたがっているようだった。突然、彼は肩にマルクの手を感じた。力強く、優しい、まだ子どもっぽい手だった。その手が愛情を込めて、そっと彼を叩いた。小学校の小さなクラスで、新入生を励ますように。

爆撃機が遠ざかった。怪我人はいなかった。だが、遠くで一軒の家が燃えていた。

ローズ氏はとても小さな声で言った。

「酷過ぎる。わしには酷過ぎる。耐えられん」

「いや、大丈夫。お分かりですね。しっかり耐えられますよ」マルクは努めて笑いながら言った。

「ああ！　君は十七だ。君はな。死も怖くない。十七じゃ、人生を愛してないんだ！　わしは、わしは自分の人生を救いたい、分かってくれ。荒れ果てた世界の中で、貧しく、弱く、老いぼれてる。それでも、わしは生きたいんだ」

二人は道路を見た。ローズ氏はもうしゃべらなかった。二人はロアールに近づいていた。もう、いつから歩いているかさえ、分からなかった。二度目の爆撃を受けた。難民達は小集団になって互いに押し合った。嵐の下で獣の群れが集まり、本能的に身をぶつけあうように。マルクはローズ氏を体ごと守った。マルクは負傷した。ローズ氏は無事だった。彼はなんとか若い道連れの手当をし、また歩き出した。とうとう、ロアールの橋が見えた。

ローズ氏は突然、倒れ込んだ。

「もう歩けん。無理だ。ここで死んだ方がましだ」

「僕も、もう進めません」マルクが言った。

傷口から血が流れていた。一足ごとによろめいた。老人と若者、二人は道端にへたり込み、じっとしたまま、陽光に輝くロアール川、通って行く難民達の流れを眺めた。すると、ローズ氏は自分が平静に、無関心になったように感じた。全てから、財産からも、人生からも解き放たれて。俄かに、彼は元気づいて居住まいを正した。誰かが叫んでいた。誰かが彼の名を呼んでいた。

「ローズさん！　あなたなんですか？　ローズさん」

自動車のドアに、彼は見知った顔を見た。ただし、その顔に名前を被せることはできなかった。それは異界から現れたようだった。友人か、遠い親戚か、何かの知り合いか、敵か、それがどうした？　一台の車を持っている一人の男じゃないか。確かに積み過ぎで、皆と同じように、荷物や女子どもで一杯だ、だが、つまりは、一台の車だ。

「わしが乗れる場所はありますか？」彼は叫んだ。「車を盗まれましてな。ルーアンから歩いて来たんです。もう、一歩も歩けません。乗せてください、後生です！」

車の中で話し合っていた。女が叫んだ。

「無理よ！」

もう一人の女が言った。

「ロアールの橋は爆破される。渡れないわ」

それからローズ氏の方に身を屈めた。

「乗って。どうなるか分からないけど……とにかく乗って」

ローズ氏は身を動かし、立ち上がり、それから、マルクを思い出した。

「この若者にも場所を……」

「無理ですよ、気の毒ですが」

「放っておけんのです」ローズ氏は言った。

自分の声が他人の声のように、空ろに、遠く耳に響くほど、疲れきっていた。

「ご親戚？」

「いや。そうじゃないんですが。彼は怪我をしています。見捨てられんのです」

「場所はありませんよ」

その時、誰かが叫んだ。

「橋だ！　橋が爆破されるぞ！」

車は突き進んだ。ローズ氏は目を瞑《つむ》った。一巻の終わりだ。命は無い。何のために？　何でも無いこのがきのために？　隣で女の叫び声が聞こえた。

「人が上にいるわ！　人も！　車も！」

この恐るべき混乱と無秩序の中で、橋はあっと言う間に吹っ飛んだ。難民達の車を巻き込んで。ローズ氏が乗るのを拒んだ車も、その中にあった。

蒼ざめ、震えながら、彼はマルクの傍らに再び崩れ落ちた。命拾いしたことが、辛うじて分かっていた。

処女たち

二人は愛し合った。一緒に暮らしたが、幸せではなかった。二人とも激しく、嫉妬深い性質《たち》で、お互いに、我慢して穏やかでいられなかった。結婚しても、恋人同士の喧嘩をした。激しい怒りをぶつけ合っては、最後に、情熱的に優しく和解した。二人は二十歳《はたち》で出会い、今、四十五歳になっていた。彼女は大変美しかったが、不幸にも顔はやつれ、皺も、苦い表情も、化粧では隠せなかった。年が行って娘が生まれてからは、魅惑的だった体も、重苦しく変わってしまった。彼女は娘を深く愛したが、誕生を望んだ訳では無かった。夫はまだ若く見えた。冒険的で落ち着かぬ性質で、フランスに定住出来ず、世界を渡り歩いた。可能な限り、妻は夫に着いて行った。二人に財産は無く、厳しい時も知っていた。近年、彼はやっとモロッコで仕事を見つけた。彼は建築家だった。時代が来たぞ、知恵も運も一緒にな、彼は笑って言った。彼はかなり豊かになり、辛かった日々は二人の記憶から消えた。その時、彼は愛人と共に去った。

今、妻と娘は、二人きりでフランスに帰って来た。

妻は妹の一人の近くに、避難場所を見つけるつもりだった。妹はサントルの小さな村の教師だった。何か汽車の時間を間違えたようで、雪の降る駅で二人の旅人——母と私——を待つ者は誰もいなかった。

私は七歳だった。何にも分かっていなかった。母のゆったりしたスカートにつかまり、がたがた震えながら、透き通った雪が落ちるのを見ていた。色を塗った駅員のランタンが、雪を、震える柔らかな緑とくすんだ血の赤に交互に照らしていた。母が荷物を整理している間、私はストーブががんがん燃えているがらんとした狭い部屋に、一人とり残された。私の記憶では、それから駅を出て、眠っている家々に囲まれた真っ暗な小さい広場を横切った。一台の車が荒涼とした田園を横切りながら、私達をそこから数キロの所に運んだ。雪を被った野原が、暗い空に向かって、ぼんやりと光を投げかけていた。凍った池の畔《ほとり》の農場、崩れた壁、巨人のような樅の木が見えた。風が枝の間を吹き渡ると、枝が揺れ、冬の寒い日に電線から洩れるような、絶え間無く音楽的で嘆くような音をたてた。私はしくしく泣いた。私の涙を見た母は、微笑みかけようとした。私の方に手を差し伸べ、優しく私の髪を撫でた。その手が燃えるように熱かった。私は自分の額に不規則で忙《せわ》しない脈動を感じ、びっくりして言った。

「ママ、なんて熱いの。私は震えてるのに」

母は返事をしなかった。

車は三十分近く、悪路を走り続けた。時間がとても長く思われ、私は刻一刻と悲しくなった。車が止まると、母はやっと顔を上げて言った。

「着いたわ、ニコル」

扉が開くと、明かり、温もり、赤い火の輝き、親しみを込めた声、笑い、喚声、それに私が今でも感じる香りがどっと溢れ出た。多分昔からのやり方で、薪をくべて朝から煮込んだ田舎のスープ、ポトフの香りだった。薪の爆《は》ぜる音とその匂い、一番強いセロリのちょっと甘い香り、その全てが、私の凍えた小さな体を、異常な幸福感で貫いた。私は未だ寒い暗がりに立って、その奇麗な調理場の敷居をまたいでいなかった。そして、既に、それまでの事、父、モロッコの太陽、旅、それに疲れを忘れていた。もうほとんど悲しくなかった。私の頭の上で、女達が、泣きながらキスを交していた。私はおずおずと女達を観察した。三人が母を囲んでいた。私には三人とも年とって見えた。一人は小柄で肉付きが良く、太ってぷるぷるした頬をしていた。二人目は背が高く痩せていて、灰色の髪をきつい引っ詰めにしていた。三人目——私の叔母のアルベール——は小さな反った鼻に跨《またが》る、大きな丸眼鏡を掛けていた。母はこの妹が大好きだった。妹のことを、若い娘のように話した。二人は二十年、会っていなかった。私にはとても年配に見えた女性を〝アルベール、私の幼いアルベール、私の可愛い妹〟と呼ぶのを聞いて、私はびっくりした。後になって、他の二人の内、一人は遠い親戚、もう一人は母の幼馴染だと分かった。太った方はブランシュ、痩せた方はマルセルという名前だった。名字は忘れてしまった。ブランシュは村の郵便局に勤めていた。もう一人は叔母と同じ教師で、クリスマス休暇を叔母の家で過ごしに来ていた。その日は、十二月二十三日だった。客間には、私のために花、おもちゃ、お菓子を飾った樅の木が置いてあった。私に見せて喜ばせようとしたが、私は何も見ていなかった。立ったまま眠っていたのだ。食卓は調理場に置かれていた。全てが明るく、暖かく、輝いていた。私は熱々《あつあつ》のポタージュを何匙か呑むと、深い眠りに落ちてしまった。目覚めると、叔母の部屋で、寝床に整えた小さなソファーに寝かされていた。食堂の扉は開けたままで、暖炉の側に四人の女が坐っているのが見えた。もうとても遅い時間に違いなかった。最初は多分私を起こすまいと、小声でしゃべっていたが、そのうち私がいることを忘れてしまい、私には一つ一つの言葉が聞こえた。母は夫がどんなふうに愛人と逃げたか話していた。涙、溜息、呪いで言葉が途切れた。

「止めて、カミーユ、止めて頂戴。自分を苦しめてしまうわ」同情を込めて、妹は言った。

「いいえ。言わせて。反対よ。話すと気が楽になるの」母は答えた。「何もかも、息ができないくらい……」

母がまるで本当に肉体的に呼吸困難を感じているように喉に手を当てるのを、私は見た。涙が流れていた。

「あの人はあんまり私を不幸にし過ぎたわ」母は言った。

「あなた達は、知らない。知るはずがないわ……私、あの人を愛し過ぎたの。夫だとしても、ここまで一人の男を愛すのは、過ちね。私、そう思う。少なくとも、自分に罪があるって、私、感じていたわ。愛し過ぎていた。あの人に取り憑かれていたんだわ。あの人がどんな暮らしを私にさせたか、分かってくれたら！　ヨーロッパのどんな女だって暮らそうとしない片田舎まで着いて行ったのよ。あの人がアフリカの小さな国の独裁者のために宮殿を建てた時よ。でもあそこだって、一番酷くはなかった。嫉妬しても現地の女だけだったしね。でも、カサブランカじゃあ……〝苦しみの中で生きる〟ってどんな事か、あなた達には分からない。こんなふうに思いながら目を覚ますの。〝もう、あの人はここにいない。もう行ってしまって、戻って来ないんだわ〟あの人を待って。なおも、待って。会った時の、あの激しい、ほとんど死ぬほどの嬉しさ。〝やっと、ここにいるのね。少なくとも、今日はまだここにいるのね〃あの人は、女を追いかけちゃ、犬みたいに結局繋がれて帰ってくる夫達のような浮気の仕方はしなかった。私、分かっていたの。いつかあの人は、本当に出て行ってしまうって。あの人はそれを隠さなかった。こんな事を言ったのよ。〝君は僕を二十五年拘束した。大したもんだ。でも、いつか、僕は逃げ出すぞ〃意地悪とは違う、あの人は意地悪じゃあ無かったわ。でも、手に負えないし、強情だった。本当の冒険家気質《かたぎ》よ。時々、私を一種呆然として見るの。ほんとに私を知らないみたいに。〝一体ここで何をやってるんだ？　この女は〃って思ってるみたい。子ども？いいえ、ああいう男は、父親の心を持っていないわ。でも、私、それを責めなかった。罪があるのは、私一人。私、絶対に、あの人と結婚するべきじゃあ無かったのよ。私達、二人とも二十歳だったけど、あの人はもう自分を知ってた。自分の血筋を知っていたのね。あの人のお父様も、同じように、ある日突然家族を残して出て行ったの。行方《ゆくえ》知れずで、どうなったか、誰も知らなかった。夫は言ったわ。〝俺は金は好きじゃない。博打も、酒も、女も好きじゃない。でも一つ、情熱があるんだ。変わる事さ。蛇が脱皮するように、古い暮らしから出て行くんだ。言っておくが、僕は君を苦しめるぞ〃でも、私、それを信じたくなかったのよ。ああ、ああ、私、なんであなたの真似をしなかったのかしら？アルベール。一人おとなしく残っていなかったのかしら？　男抜きで、あなたみたいに。あなたを見ると、羨ましいの。アルベール、自分がどこまで幸せか、あなた分かってる？　愛、愛、なんて恐怖、なんて嘘っぱち！」哀れな母は叫んだ。

「でも」太ったブランシュは静かに言った。「全ての結婚がそうじゃあ……」

「恐ろしいのは人生よ。あなた達は人生から離れている、あなた達、正しいわ。人生なんて苦しめて、壊して、汚して、傷つけるだけ。女にとって愛の他に人生は無いなんて、男どもの言い草だわ。だって、一人で生きてるあなた達、幸せじゃない？　私を見て。今はあなた達のように一人よ。でも、選んで、求めた孤独じゃない。惨めで、苦い、最悪の孤独、棄てられて、裏切られた孤独よ。仕事も無ければ、やりたい事も気晴らしも、何にも無いわ。娘？　でもそれは、一つの後悔、私に付き纏う生きた思い出だわ。あなた達、あなた達は幸せよ」

とても長い沈黙があった。アルベール叔母さんは、立ち上がって火を整えた。燃えようとしない薪を長いこと吹いて、嘆いた。

「湿った薪をよこしたんだわ。泣いているのが、聞こえるでしょ？」

実際、暖炉から、囁き、口笛、嘆くような猫の鳴き声が上がった。私は魅入られたように耳を傾け、泣いている薪、輪切りにされた白樺、桜、楢が、周囲に大粒の銀の涙を撒き散らすのを想像した。

「可哀想なカミーユ」やっと叔母が言った。「私、認めるわ。私、あなたの身の上は、ちっとも羨ましくなかった。私は完璧に幸せ、それは本当よ。面白い仕事も、ちょっとしたゆとりもあるし。子ども達が好き、教えるのも好きよ。田舎暮らしは楽しいわ。分かるでしょ、ここがいいのは、本当の田舎だって事。ちょっと野蛮だけど、みんなが噂に聞き耳を立ててる地方の小さな穴倉じゃあないわ。自然はとっても美しいし。それに、ご覧の通り、自分の家もあるわ」

他の二人も、叔母に同意した。マルセルが言った。

「そうね、カミーユ、確かに、あなたの話しは、人を愛する気にさせないわ。結婚とは言わないけど、愛する気にね。私だって、そんな男には我慢できなかったでしょうね。あなたは何でも耐えてきた……でも当然、初めの頃、あなたは幸せだったじゃないの」

「決して幸せじゃあ無かったわ」母は直ぐに言い返した。

「結婚して五ヶ月目で、あの人の浮気が分かったの。妊娠した初めの頃だったわ。あなた達は知らないけど、女ってそういう時、とっても気弱で不安になるのよ。いっつも励ましてくれる人が凄く必要なの。あなた達にはそんな事、分からないでしょうけどね。あの人が浮気をして、私にはどうにもならないのが、分かっていたわ。別れるか、目をつぶるか、私の選択は、それだった。あの人を愛していたから、私、全部受け容れてしまったわ。ああ！　違う、違う、幸せだったなんて、やっぱり、とうてい言えないわ」

老嬢達は、優しい慰めの言葉を呟いた。叔母がそっと言った。

「こっちにいらっしゃい。暖炉の側で横になって、可哀想なカミーユ。さあ、私達に甘えて。嫌な日々を忘れさせてあげる。昔みたいに皆で一緒にいるの、楽しくない？　人生ってなんて奇妙なのかしら！　私達一人一人に、ある瞬間が与えられて、運命を変える何かが起きたって、思うことない？あなた、しょっちゅう話してくれたじゃない、カミーユ、あなたの嘆かわしい夫との最初の出会いを」

「そうね」母は言った。

「あの人が、私達の小さな町に立ち寄ったの。教会を訪ねて。こちらは、ママが私を小間物屋にピンクの糸を捜しに行かせたのよ。家を出る時、私、鏡に映った自分を見て、帽子が似合っていないと思ったのね。戻って新しい帽子を被って出た時、家の敷居の上で、アンリと私、私達、ばったり会ったの。私達、見詰め合って、私達、恋に落ちた……ああ、五分遅かったら、二人は別々の方向に向かって、道が交わることは無かった、そして私もあなた達のように、年をとるまで平穏に暮らしたのよ」

「私も」太ったブランシュが笑いながら言った。

「私も人生を変えた瞬間を正確に思い出せるわ。あなた達に決して話さなかったけどね。あんまり恥ずかしいんですもの。私、二十歳だった。愛する人がいて……ああ！　誰だか、言わずにおきましょ。今じゃ遅すぎるし、死んじゃったわ。五人の子どもを残して、未亡人は一文無しよ。胸が平らな、赤毛の大女。両親の家に行った時、何度か見かけたわ。それでね、ある日、私、彼が私に言う……私にプロポーズする……私に頼むだろうって分かったのよ。とにかく、（彼女は子どもみたいにくすっと笑った）分かるでしょ、女ってそういう事は間違えないものだわ。彼が私に結婚を申し込むって、私、分かったの。私達、二人っきりで、二人とも内気だった。彼が私に近づいて、その瞬間、私、肩紐が切れたと思ったの。私、その頃流行った刺繍の入った薄手のブラウスを着ていたのね。もし、下着が落ちたら、私の胸が見えちゃうじゃないの。第一、私達、今時の娘達みたいに大胆じゃなかった。男に胸を見せるなんて、なんと恐ろしい！　でも、内緒の話だけど、もし私が素晴らしい胸を持ってたら……って思うの。ああ！　私ったら、いつでも、ちょっと太り気味だったのよ。その時、私、叫び声をあげて、真っ赤になって、ほとんど泣きながらその人に言ったわ。〝近づかないで、ユージェーヌ、近づかないで！〟気の毒に、彼、萎れちゃったわ。〝でもなんで？　ブランシェット。どうしたの？　僕が怖いの？〟私、胸のところでしっかり両腕を組んで、繰り返すしかなかった。〝行って、行ってって言うのよ！〟自分が怖いんだって、彼は思ったのね。私から離れていったわ。翌日、彼の挨拶は冷たかった、そして、決して二度と、決して二度と……」

彼女は溜息をついた。

「ねえ、もし私の下着がもっと丈夫な生地でできてたら、私、五人の子連れの、文無しの未亡人になってたわ。あの哀れな赤毛女みたいな」

「クレオパトラの鼻が、もっと低かったら」叔母が反射的に言った。

マルセルが割って入った。

「私、あなたと意見が違うわ。それは運じゃなくって、本能の問題よ。私の同僚の一人は、私みたいに年が行って独身だけど、なんで結婚しないのって聞かれた時、答えたわ。〝気づいたらこうなってたの〟って。でも、違う、それは正しくないわ。天性、結婚に向いているか、いないかの話よ。結婚、恋愛、人生、皆、同じ。懸命に生きたいか、それとも平穏を望むかよ。私は、いっつも平穏が欲しかった。修道女になりたいって思った時もあったけど、それから、自分に必要なのは神様じゃなくて、静かに一人でいる事だって分かったの。細々《こまごま》とした習慣を大切にしてね。男！　偉大なる神！　男なんかいてどうするの？」

「男！」母がこだまのように繰り返した。

そして、黙り込んだ末、付け加えた。

「あなた、正しいわ、マルセル。それは運の問題じゃなく、本能、それに欲望の問題だわ。この世で、人は激しく望んだものを、結局手に入れる。それが、私達の最大の罰なのよ」

母はそう話を結んだ。

私は母の声、話し方が一時間のうちにすっかり変わったと、なんとなく思った。そして実際、この晩以降、母はもう決して同じでは無かった。ちょっと逞しい田舎の女になって、調理場、野菜畑、庭で働き、叔母が学校にいる間は、鶏や病人の世話をした。何年か後、縒りを戻したがった父にこう答えるほど、母は落ち着いていていた。

「治った精神病患者に、もう一度、患者用の服を着てくれって頼むようなものよ、お気の毒様……」

父はその何ヶ月か後、突然、片田舎で、一人で死んだ。

語っているこの晩のことは、私の記憶に残っている。私は女達の話を聞いていた。炎を見ていた。半分は、話が分かった。眠かったが、彼女達の言葉が眠気を覚ました。痩せたマルセルは編み物をしていた。鉄の編み棒がかちゃかちゃ当たる音と、彼女の話し声が聞こえた。

「私は、ご存知のように、十人子どもがいる家族の長女よ。狭い住いに子どもが十人の貧乏所帯。私が充分に物事を見てしまったと、思うでしょ。私は恋愛も、結婚も、母親になる事も、全然夢見なかった。そんな事の裏側を全部知っていたの。〝がきどもを何とかしろ〟って、母を家に残してカフェに出かけて行く親父の空威張りした様子。何とかする、そう、さもなきゃ、母のように、苦しんで死んでしまうのよ。可哀想な人。母は、十一人目の子ども、末っ子のルイを生んで死んでしまったわ。赤ん坊の事、赤ん坊を世話したり、可愛がる喜びなんか、話して欲しくない。それがどんなものか、私、知っているわ。私はそんな事から抜け出したの。長女だったからね。分かるでしょ。洗濯も、掃除も、ミルクをつくるのも、手伝うのは私だった。赤ん坊の泣き声で目を覚ます私、哀れな母を見る私。三十なのに疲れて、萎《しお》れて、老婆みたい。一時《いっとき》の休みも無く、家で働き、庭で働き、手かスカートに子どもがぶらさがり、腕にはもう一人を抱えて。ああ！　嫌だわ。私は男も赤ん坊も、絶対に欲しくなかった。おかげ様で、私はとっても平穏に生きてる。暮らしていけるし、庭も、小さな家も、花もあるし、動物もいる。私はこういう暮らしのために生まれてきたの。他の暮らしのためじゃあないわ。それでね、あなただって同じなのよ、ブランシュ。もし、あなたが恋をしていたんなら、その若者を拒んでいないわ。慎みも、彼の目に奇麗に見えないっていう心配も忘れていたわ。もし、あなたが恋をしていたんなら、その恋が自分を奇麗にしてるって、本能で感じていたはずよ」

私は七歳、ほんの子どもだった。だが、この老嬢達の〝愛、結婚、母親になる事、子ども〟という言葉の発し方に心を打たれた。なんていう声かしら、苦くて、優しくて！

「でもねえ、アルベール」母は頬に手を当て、もの思わしげに火を見詰めながら言った。

「でも、あなたは愛のために創られたように見えたわ。大体、あなた、奇麗だったし……」

「あら、違うわ」叔母は抗議した。

「そうよ。あなたは私達の中で一番奇麗だった。今だって、奇麗で素敵な顔をしてるわ。そんな怖い眼鏡をかけてなかったら……」

「この目のせいね」叔母は溜息をついた。

「ああ！　愛しいアルベール、十七歳のあなた、どんなに明るくて、楽しくて、人に好かれたかしら！　だけど、あなた、突然変わってしまったのよ。なんでなの？」

「変わった？」叔母は言った。「どういうこと？」

「そうね、あなた、お出かけも、パーティーも、お散歩も全部断わっちゃった。若者達を避けていたわ。どうしてなの？　一時は、修道女になりたいのかと思ったけど。それから私、あなたが片思いをしてる、って思ったの」

「私、決して誰かを愛したことなんか無いわ」アルベール叔母さんは言った。「何故だか分かる？私、あなたを見てしまったのよ、カミーユ。あなたがどれだけ不幸か、私、分かってしまったの。そう、あなたは自分の生活を家族に隠しているつもりだったし、多分、パパとママは何にも知らなかったわ。でも、私はそうじゃなかった。私があなたをいつだって心から愛していたのは知ってるでしょ。一番好きなお姉さんだったのよ。ロマンチックなあなたの結婚、両親の意志に逆らってアンリと結婚したひたむきさ。私の目に、それは特別、輝いて見えたわ。あなたは私にとって生きる教え、お手本だった。もしもあなたが幸せだったら、私、あなたの真似をしていたはずよ。でも、ある日、私、諍《いさか》いを目撃してしまった。ああ！　それは恐ろしかった」

「諍いねえ……」母は小声で言った。そして、そんな事はいっぱいあったし、何にも意味が無いと言わんばかりに肩を竦めた。

叔母は椅子の上で、居住まいを正した。彼女がさっと眼鏡を外すと、私はこの人が本当にまだ奇麗な事に気がついた。つんと反った細くて小さな鼻、美しい瞼の曲線、頬のしまって丸い輪郭は、流行遅れの服、古くさい髪形、おそらく教師の普段の姿勢から来る厳格さにおよそ似つかわしくなかった。叔母は生徒達を支配し、視線を一身に浴びる教師の真っ直ぐな姿勢をしていた。

「ああ！　でもあの諍いは、カミーユ、あなた、忘れていないと思うわ。とにかく、あれが私に異常な印象を与えたの。あれは……」叔母は口を噤んだ。

「あなた、熱いワイン、飲まないのね」叔母は非難するように声を上げた。

彼女は一瞬、アルコールとシナモンの豊かで暖かい香りを放つ液体がたっぷり入ったグラスを手に挟んで持ち上げた。母はいくらか口をつけた。叔母は続けた。

「あなたが結婚して、一年経っていたと思うわ。私、パリのあなた達の家を訪ねていた。私の前じゃ、あなた達、絶対喧嘩しなかったし、私、夫婦仲って、自分の両親の睦まじさ——愛そのものに見えた、なんとも言えず心地良く穏やかな何か——以外、想像できなかったのね。その時、私、十七だったわ。私、進んで言っていたのよ。〝わたし、絶対理性なんかで結婚しない。愛で結婚するの、カミーユ姉さんみたいに〟そして、ある晩……」

彼女はその思い出に、改めて身を震わせた。肩を窄《すぼ》め、寒そうに炎に手を翳《かざ》した。

「ある夕方、あなた方、コンサートに行ったわ。私は風邪を引いていたんで着いて行きたくなかったの。怒鳴り声で目が覚めたわ。私の部屋はあなた方の隣だった。私、聞いてしまった。カミーユ、あなたの口からこんな言葉が出たのよ……ああ！　あれを思うと、今でもぞっとするわ。あなた、呻くように、低くこもった単調な声で繰り返していたわ。〝死にたい、アンリ、私、死にたい〟あなた達の間に何があったのか、決して正確には分からなかったけれど、他の女の話だったわ、それであの男は……あの男は言い訳するとか、あなたを慰めるとかしようとしなかった。笑ったのよ、獣が！あんなに残酷で、あんなに横暴で、あんなに薄情な笑い。もし私が男だったら、あの顔を真っ二つに割ってやったのに。悪い奴！ 人でなし！ それからあなた達、大声で罵り合った。私、どきどきしながら聞いたわ。怖いし、可哀想で、物凄いショックだったわ。私の可哀想なカミーユ……大好きなお姉さん……あの晩、あの男、あなたを殴ったわ。あなたの叫びが聞こえた。私、耳を塞いだわ。呻き声、叫び声を聞きたくなくって、顔を枕に埋めて、毛布の下に潜り込んだ。でも、今でもあの声が私を追いかけてくるの。神様！　私、思ったわ。これが愛の結末？　初めはキス、愛撫、それから殴打？　そして、女がここまで丸ごと誇りを失くせるなんて！　許して、カミーユ、あなたがまだあの男を愛しているって、それに、あなたがしょちゅう言っていたように、家族に真実を告げるくらいなら、死ぬかもしれないって、分かっていたわ。それにしたって、それにしたって、あんなに誇り高いあなたが、あんな屈辱を！　私、慄《おのの》きながら翌日を待ったわ。あなたに言うつもりだった。〝あの男と別れて。私と一緒に家に帰りましょ。私、あなたを大切にする。あなたのために働く……〟つまり、今日、私があなたに言ってることをね」叔母はとても静かな声で、そう言い終えた。

「気の毒なカミーユ！　あなた、本当に苦しんでいたわ。でも、あの晩、私に大変な事を教えてくれたのよ。翌日、私、あなたと別れて、家に戻った。あなたには、敢えて何も言わなかった。大体、あなた、話す気にさせてくれなかったわ。〝私、幸せよ〟あの時、あなた、そう言ったのよ。時間は経ったわ。でも、あの晩の恐ろしい印象は物凄く強烈なままで、男達が私に愛の言葉を告げると、改めてあなたの呻き、叫び、あの男の笑いが聞こえて、男が怖くなるの。私が絶対に結婚しなかったのは、そのためよ。両親が結婚話を整えても、私は望まなかった。あなたが、あなたがあの晩を忘れたなんて……」

女達の間に沈黙があった。私がうとうとしかける程長い沈黙。私の目は半分閉じていた。それから一つの溜息で目を覚ました。私は反射的に母を見た。母は熱いワインを飲んで、頬にちょっと色が差していた。寛いで、不思議なくらい落ち着き、全く超然とした様子だった。更に二度、三度溜息をついた。

「忘れてはいないわよ、アルベール。あの晩、もしあなたに分かったら……でも、あなたには分からない。あれが分かるにはね、女であって、女にされていなくちゃならないの」母は小さく、秘密めいた、ほとんど恥ずかしげな声で言った。「それに、若い恋人がいなくちゃ。そう、あの人は私を罵って、叩いたわ。私を馬鹿にして笑ったわ。でも、その後、ああ！　アルベール、無邪気で初心《うぶ》なアルベール、もしあなたが私達の部屋に入っていたら、あなた、私達が最高のキスを交しているのを、見ていたでしょうね。さっきあなたが話した、パパとママの味気ないキスとは味が違うの。アルベール、私、あなたに全然幸せじゃなかったって言ったわ。それは本当、何度言ったって本当よ。でもね……あれは幸せがくれるものじゃ無いのよ。ただ愛だけが人生に与えてくれる味、風味があって、果汁いっぱいで、ちょっと渋みのある果物の味、若い唇の味なのよ……」

「終いには灰の味ね」マルセルがぴしゃりと言った。

「そうね。でも……あなた達には私が分からない。愛は苦しみから生まれて、涙で育つの。あれはね、アルベール、私の人生で一番美しい晩だったかも知れないわ。一番幸せとは言わない、でも、一番美しくて、一番満たされた晩。私、泣いたわ。でも、あの人は涙を飲んでくれた。あの人の唇の軽い息遣い、小さな喘ぎが今でも聞こえるわ。あなたは言うのね。〝姉さんは、あの男をまだ愛していたから、なんでも受け容れてしまった〟って。あなたの口の中の〝あの男を愛していた〟って言う言葉、味気無いし、冷たい。でも、私にとっては……あの人を愛していたかどうか、私、分からない。ほとんど愛の問題じゃあないの。私に必要だったのは、一つの声の抑揚、一つの足音、私のうなじに触るあの人の手、あの人の殴打、あの人のキスだった。パンや水や塩みたいに、それが必要だったの」

奇妙だった。母の言葉は貧しく、拙《つたな》く、声は淡々として情熱がこもっていなかった。そう、本当に母の中に、もう情熱の名残は残っていなかった、と言えるかも知れない。だが、母には経験だけが持つ、不思議な力が備わっていた。母は老嬢達に、天才的な音楽家、芸術家、創作家が、たどたどしく間違えを直しながら月光を引く寄宿舎の小娘達に語るように語っていた。時々、父の名を発音する時、母の口は噛み付くようなキスするような、奇妙な動き方をした。

私は母が生涯で初めて、自分の愛を語っている、と思った。母はライバルになると思う女達を悉《ことごと》く嫌った。女の友達がいなかった。だが、この三人の老いた友人達は安全だった。彼女達は愛しい男を奪わないだろう。母は彼女達に思いを打ち明けた。躊躇《ためら》いがちに始め、それから溢れる思い出に身を任せた。そしておそらく、母が語るにつれ、愛は母から離れた。口を開けた香水瓶から香りが逃げるように、愛は母の心から離れて行った。フランスの最初の夜から、母は父を忘れ始めた、と私は思う。

母は改めて、深い憐れみを込めて言った。

「勿論、あなた達には分らないわ。マルセル、あなたはお母さんの例が怖くて、結婚しなかったのね。大家族で……お金は無い……確かにそれは恐ろしいでしょ。私、あなたのお母さんを知ってた。あの不幸な人を覚えているわ。いっつも妊娠して、子育てでくたくたになって。でも、あなたに分かったら……ね、娘が生まれた時、私、お乳をあげたの。胸が抉《えぐ》られたわ。あなたには、ほとんど思いも及ばない苦しさよ。胸に小刀を刺しこまれて、中を果物みたいに二つに切られるようだわ。でもね、時々血が混じったお乳が自分が生んだ子どもの口に流れ込む……ああ！　可哀想なマルセル……それが人生よ、どう？　生《なま》の人生なのよ」

母は口を噤《つぐ》んだ。テーブルに空になったグラスを置く音が聞こえた。母の髪は解けていた。長く、ちょっとごわごわした豊かな髪に、灰色の房が混じっていた。母の美しい顔が今でも目に浮かぶ。深く皺が刻まれ、苦しげで、空ろで、秋の耕地のように荒れ果てていた。

女達は母を囲んで黙っていた。

一番温和なブランシュが溜息をついた。

「確かに……」

彼女は最後まで言わなった。マルセルが口をきっと結び、毅然として言った。

「そんな楽しみは、他人のものよ。私、あなたにはっきり言っておくわ」

「でも姉さん、あなたさっき言ったじゃない」アルベール叔母さんは叫んだ。「あなた、言ったじゃないの……」

「私が不幸だったってね」母が遮った。「それは本当。私、あなたが羨ましいわ。あなたの静かな人生がね。でも……私は豊かだった、分るわね、私、満たされていたの。で、あなた、あなたは、決して何も持たなかった」

その時、アルベール、私のアルベール叔母さんは編み物を落し、瞼に両手を当て、突然わっと泣き咽《むせ》んだ。

驚き、動揺した母はのそっと立ち上がり、妹の方に行った。叔母は母を押し退けた。

「どうしたの？　アルベール。私、知ってる、分かるわよ。私を憐れんで、泣いてくれるのね……」

「あなたを憐れむですって？」アルベールは答えた。

「ああ！　違うわ！　あなたじゃない、カミーユ」

彼女は悲痛な恨みを込めて、最後に言った。

「あなた、そんな事、絶対に私達に話しちゃいけなかったのよ、姉さん」

訳者あとがき

本書所収作品の発表時期を記すと、以下の通りである。

日曜日（Dimanche）　一九三四年　六月
血の絆（Liens du sang）　一九三六年　五月
友よ！（Fraternité）　一九三七年　二月
ドンファンの妻（La femme de don Juan）　一九三八年十一月
目撃者（Le spectateur）　一九三九年十二月
アイノ（Aïno）　一九四〇年　一月
魔法（Le sortilège）　一九四〇年　二月
ローズ氏（M. Rose）　一九四〇年　八月
処女たち（Les vierges）　一九四二年　七月

訳者は二〇一四年、イレーヌ・ネミロフスキーの最初の邦訳短篇集『秋の雪』を未知谷より刊行する機会を得た。本書はそれに次ぐ、イレーヌ二冊目の短篇集である。主として前書は一九二〇年代後半から三〇年代前半、本書は三〇年代後半から四〇年代前半に執筆された作品を収めている。イレーヌ・ネミロフスキーの十年余りの作家としてのキャリアを大別すれば、前書は前期に属する作品、本書は後期に属する作品が大半を占めている。

一九〇三年、ウクライナのキエフで新興ブルジョワの娘として生まれたイレーヌは、一九一九年、ロシア革命を逃れて家族とともにフランスに移住、一九二九年二十六歳で長篇小説「ダヴィッド・ゴルデル」によってフランス文壇に衝撃を与え、華々しいデビューを飾った。以降、有力出版社と出版契約を結ぶ一方、旺盛な筆力で有力誌に作品を次々に発表、実力ある作家としての地歩を固める。しかし、ナチスの台頭、内政の混乱から、第二次大戦の勃発に向けて逼迫の度合いを強めるフランス社会で、ユダヤ人であるイレーヌは市民としても、作家としても次第に追い詰められていく。

本書所収の作品は、いずれもその逼迫と緊張の中で執筆されており、どの登場人物の内面にも、不安と危機感が濃厚に滲んでいる。四〇年以降は実名での作品発表が不可能となり、「処女たち」はドゥニーズ・メランドという筆名で、四二年七月、当時創刊された週刊誌『プレザン（Présent）』に発表された。正にこの月、イレーヌは疎開先、フランス中部のイシー・レヴェックで拘留され、国内の収容所からアウシュビッツに移送された後、翌八月、同収容所で死を迎える。「処女たち」は生前発表された最後の作品である。

吉田健一氏は「世紀末を一時代の終わりという意味でとるならば、一九三〇年代がヨーロッパの世紀末だったのであり、その退廃を病的に見るナチスという別な狂気に、これに乗じる機会を与えた」（「思い出すままに」）と述べている。その意味で、イレーヌは世紀末の退廃と狂気の中で生き、身を以ってそれに対峙した作家である。三十九歳で非業の死を遂げたが、作家としては最晩年に円熟期を迎えた感があり、危機にインスパイアされたかのように、凄まじく活発旺盛な創作活動を展開する。「アダ」（一九四〇年刊行）「この世の富」（一九四一年刊行）「血の熱」（二〇〇七年死後刊行）そして未完の大作「フランス組曲」（二〇〇四年死後刊行）。いずれもマスターピースと言える力作だが、同時に、珠玉とも言える小品をこの時期に数多く執筆している。今回ご紹介するのは、そうした作品達である。「日曜日」、「血の絆」の漠たる不安は、「友よ！」において鮮明な像を結び、「目撃者」「ローズ氏」に至って、時代は突如、暴力性を剥きだして個人に襲いかかる。「ドンファンの妻」は夫婦の私的な悲劇を語っているが、未来を失った時代の閉塞感が色濃く感じられる。「アイノ」「魔法」はイレーヌの白鳥の歌の趣である。一つ一つの作品から、カタストロフに向って行く時代の息遣いが、そのまま聞こえて来る。

ノスタルジーと夢幻に彩られた幼少時代の回想、母娘の相克、移住の地フランスの人間模様、**étranger**（余所者）としてのユダヤ人の運命、危機に曝され剥き出しになる人間性、こうしたイレーヌ作品の主たるモチーフが、それぞれの作品に散らばり、結晶している。

彼女は、正に豊富に「書くこと」を持っていた作家——Woman of Letters——であり、社会や人間に対する信頼が揺らぎ、死の危険が迫っても、「書くこと」「書いたもの」に対する信頼だけは、最後まで失わなかったようである。狂気の時代にあって、「燃え滾る溶岩の上で書いている」（一九四二 作家ノート）状態でも、作品自体は破綻無く、端正な佇まいを保っているのも驚異的である。「いつか戦争は終わり、歴史的な箇所の全てが色あせる。十年後の読者も百年後の読者も同じように引きつけられるよう、書かなければならない」（同）と書き記したイレーヌは、希望を信じないように、絶望も信じない冷徹の人だった。

詩人、岩田宏氏に次のような一文がある。「文芸作品の意味や価値は一体どのような所に求めたらよいのだろうか。それは一概には言えぬようなさまざまな形態、さまざまな次元で、作品に捺されている時代の極印そのものに求める以外にはないように思われる。時代の極印は、だれの目にも明らかな記録的形態から始まって、微かな暗示や補足しがたい息遣いに至るまで、実にさまざまであるから、読者は生きものに接近するときのように、例えば蝶や蜻蛉を捕らえようと忍び足で近づくときのように慎重になるべきだろう」

本書は実に豊富な「微かな暗示」「補足しがたい息遣い」に充ちている。もしも読者に、それらを「蝶や蜻蛉を捕らえるように」感じ取っていただければ、訳者としてそれ以上の喜びは無い。

本書所収作品のうち、「処女たち」を除く八篇はSTOCK社発行、Livre de Poche版の短篇集「Dimanche（日曜日）」を底本とし、Vintage International社発行ブリジェット・パターソン英訳による「Dimanche and Other Stories」をサブテキストとしました。「処女たち」はDenoël社発行Folio版の「Les vierges et autres nouvelles」を底本に、イレーヌの年譜と書簡、写真、長女のインタビュー等を掲載した five ties 社の記念出版「Woman of Letters」に収められたサンドラ・スミス訳「The Virgins」をサブテキストとしています。私事にわたりますが、この一年近く、月に一篇を目標に、本書所収作品の翻訳に取り組みました。様々なシチュエーションの中で、絡み合い、すれ違う人間模様、刻々と移ろって止まぬ人々の情念と心理に分け入りその運命を辿って行くのは、極めて興趣に富んだ、マジカルツアーであった事を付記しておきます。

今回も、積極的に出版に取り組んでいただいた未知谷社主　飯島徹さん、熱心な編集作業に携わっていただいた伊藤伸恵さん、そして表紙に美しい写真をご提供いただいたみやこうせいさんに深く感謝の念を捧げます。

二〇一七年　春間近な三月に

芝　盛行

Irène Némirovsky

（1903～1942）

ロシア帝国キエフ生まれ。革命時パリに亡命。1929年「ダヴィッド・ゴルデル」で文壇デビュー。大評判を呼び、アンリ・ド・レニエらから絶讃を浴びた。このデビュー作はジュリアン・デュヴィヴィエによって映画化、彼にとっての第一回トーキー作品でもある。34年、ナチスドイツの侵攻によりユダヤ人迫害が強まり、以降、危機の中で長篇小説を次々に執筆するも、42年にアウシュヴィッツ収容所にて死去。2004年、遺品から発見された未完の大作「フランス組曲」が刊行され、約40ヶ国で翻訳、世界中で大きな反響を巻き起こし、現在も旧作の再版や未発表作の刊行が続いている。

しば もりゆき

1950年生まれ。早稲田大学第一文学部卒。訳業に、『秋の雪』『ダヴィッド・ゴルデル』『クリロフ事件』『この世の富』『アダ』『血の熱』（イレーヌ・ネミロフスキー、未知谷）、ジョン・アップダイク「ザ・プロ」、P．G．ウッドハウス「カスバートの一撃」、リング・ラードナー「ミスター・フリスビー」、J．K．バングス「幻のカード」、イーサン・ケイニン「私達がお互いを知る年」を紹介した英米ゴルフ小説ベスト5（「新潮」2000年）。2008年以降、イレーヌ・ネミロフスキーの翻訳に取り組む。

Les vierges
処女たち
イレーヌ・ネミロフスキー短篇集

2017年3月30日印刷
2017年4月10日発行

著者　イレーヌ・ネミロフスキー
訳者　芝 盛行
発行者　飯島 徹
発行所　未知谷
東京都千代田区猿楽町2丁目5-9　〒101-0064
Tel. 03-5281-3751 / Fax. 03-5281-3752
［振替］ 00130-4-653627
組版　柏木薫
印刷所　ディグ
製本所　難波製本

Japanese edition by Publisher Michitani Co. Ltd., Tokyo
Printed in Japan
ISBN978-4-89642-522-2　C0097